가이드

1

이창준 장편소설

"미안해, 애니. 그래도 산에 들어가는 것은 피했어야 했는데."

"괜찮아, 아주 오래전에 있었던 일이고 이제 다 잊어버렸으니까…"

그녀는 피터에게 짧게 대꾸하고 빌의 손을 잡고 술집을 빠져나왔다. 빌은 탐탁지 않다는 듯이 피터를 흘겨보며 애니의 손에 이끌려 가게 밖으로 나왔다.

애니에게 있어서 숲에 들어가는 것은 가족의 금기였다.

어렸을 적 여행에서 아빠가 숲 안의 절벽에서 떨어져 돌아가신 이후로 그녀는 지금까지 숲에 가까이 갈 수조차 없었다.

가족이 한 명 없다는 사실은 삶을 살면서 자꾸만 갑작스레 떠올랐고, 잊고 있던 그리움은 그 때마다 마음을 후벼팠다. 그렇지만 그녀는 겉으로 내색하지 않은 채 빌에게 담담하게 이야기했다.

"엄마가 살아 계셨다면 분명 반대했을 거야, 게다가 아빠가 돌아가신 곳도 그 근처였으니까…"

"지금이라도 가지 않는다고 하면 내가 피터에게 어떻게든 말해볼

게.”

빌이 그렇게 말하긴 했지만, 그것은 그녀를 위로하기 위해서 해
주는 말이라는 것을 알았다.

밖에는 차들이 시끄럽게 지나다녔고, 거리는 낙서와 쓰레기로 가
득했다. 그들은 네온사인이 번쩍이는 번화가를 걷다가 가까운 공원
에 들어가 앉았다. 벤치에 나란히 앉아 번화가 거리를 쳐다보았다.
사람들이 떠드는 소리가 작게 들려왔다.

차가워진 날씨는 그들이 속삭일 때마다 입김이 나게 만들었다.
애니와 빌이 잡은 손은 그의 주머니 안에 들어가 있었다.

“애니, 무리하게 가겠다고 하지 않아도 돼. 정말 괜찮겠어?

“피터가 그렇게 맘에 들어 하는데… 그리고 캐서린도 산에 올라
가는 게 싫지 않은 것 같더라…”

“의외야. 난 네가 절대 가겠다고 하지 않을 줄 알았어.”

애니는 가볍게 미소 짓고 빌의 가슴에 이마를 기대었다.

그녀는 빌에게 기대어 편안함을 느끼고 있었지만, 산에 들어가야
한다는 생각을 하자 마음속에서 불안감이 솟구쳤다.

항상 숲에 들어가는 것은 가족에게 금기였고, 이야기를 꺼내는
것조차 어머니는 항상 불쾌해하셨다. 그녀는 아버지에 관한 이야기
가 나오면 왼쪽 눈을 찡그리며 노려보았다. 그럴 때마다 애니와

동생은 더 캐묻거나 알려고 하지 않았다. 애니가 숲에 들어간다는 것을 알았으면 어머니는 분명 소리를 지르며 그녀를 방에 가둬버렸을 것이다.

애니는 학교에 다니던 시절에도 숲 근처에 가지 못했기 때문에 체험학습도 참여하지 못할 때가 많았고, 집에서 떠나와 정착해서도 나무들이 빽빽한 산림에는 습관처럼 다가가지 않았다. 어렸을 적부터 주입된 공포감 때문이었는지 지금까지 그녀는 숲에 들어간 적이 없던 것이다.

그렇지만 결혼할 나이가 될 때쯤에는 가족 중에 누가 죽었다는 이유만으로 비슷한 곳에도 가지 말라고 하는 것은 말도 안 되는 일이라고 생각이 들기 시작했다.

애니는 저 멀리 보이는 사람들이 지나다니는 번화가의 거리를 보면서 중얼거렸다.

"내가 양보해서… 피터가 캐서린하고 여행을 가서 잘 된다면, 그걸로 된 거라고 생각해."

사람들이 지나다니는 거리를 보는 애니의 마음은 복잡했다.

여행 출발 당일까지도 애니는 어떤 것들을 가져가야 할지 고민하

고 있었다. 비행기 출발 시간이 임박했고, 빌은 기다리다 못해 그
녀의 집에 들어와 그녀를 재촉했다.

"애니, 우리 작은 배낭만 가지고 다닐 거야, 이렇게는 못 가져
가."
"그냥 혹시나 해서 가져가는 거야, 무슨 일이 생기면 어떡해?"
"자기가 불안해할까 봐 피터랑 얘기해서 산을 거의 통과하지 않
는 들판 지역으로 코스를 짰어. 그리고 핀란드 현지 가이드까지
올 거야. 이렇게까지 안 해도 돼, 이렇게는 다 못 들고 가."
"빌, 하지만…"
"애니, 제발… 왜 이렇게까지 하는지 알아, 괜찮아. 아무 일도
없을 거야, 그냥 일주일 정도 밖에서 텐트 치고 자고, 다음 숙소에
도착하면 차 타고 집에 갈 거야."
"빌, 애니, 이제 갈 시간이야! 설마 지금 침대에 있는 건 아니
지? 이제 늦겠어, 빌!"

밖에서 기다리다 못한 피터가 그들을 불렀고 빌은 크게 소리쳐
대답했다.

"지금 내려갈게! 손전등도 필요 없어, 우린 낮에만 움직일 거야."

애니는 책상에 올려놓은 가져가려고 했던 온갖 것들을 대충 가방

에 쑤셔 넣고 집을 나갔다. 출발 당일까지도 마음속에서 불안감이 사라지지 않고 있었다.

여행을 떠나기에 아무 지장 없는 날씨에 컨디션도 좋았지만, 비가 와서 비행기가 떠나지 못하길 바랐다. 차를 타고 공항에 도착할 때까지 그녀는 긴장감 때문에 한시도 잠을 자지 못했다. 빌이 걱정했지만, 그녀는 전날에 잠을 많이 자뒀기 때문에 괜찮다고 말했다.

공항에 도착하자마자 그녀의 동생인 제임스에게 전화가 왔다. 무슨 소리를 할지 알았기 때문에 애니는 한참 동안 망설였지만 결국 통화버튼을 눌렀다.

"애니, 지금 가려는 곳이 어떤 곳인 줄 알아? 아빠가 돌아가신 곳과 얼마 떨어지지 않은 곳이야, 무슨 터무니없는 생각을 하는 거야?"

제임스는 애니가 전화를 받자마자 소리를 질렀고, 그녀는 휴대폰에서 귀를 떼고 인상을 찡그렸다. 예상된 반응이었지만 제임스가 이렇게까지 화를 낼 줄은 몰랐다.

빌은 피터를 향해 캐서린과 먼저 가라고 손짓했고, 말문이 막힌 듯 전화기를 들고 있는 애니에게서 휴대폰을 받아들었다.

"제임스."

"빌… 지금 무슨 짓을 하고 있는지 알기나 해? 애니한테 못 들었어? 우리 가족한테 산속에 가는 게 무슨 의미인지?"

"제임스, 나도 알아, 이번 한 번만이야… 무슨 일이 있었는지도 알고 그 상처로 아직까지 그런다는 거 알아, 네가 어떻게 생각하고 있는지도… 여행 중에 산으로 빠지는 길은 없어, 그냥 텐트 치고 야영 좀 하다가 바로 올 거야."

"…하필 핀란드라니 진짜 믿을 수가 없어, 빌."

여기까지 말한 제임스는 바로 전화를 끊어버렸고 빌은 씁쓸하게 웃으며 표정으로 애니의 손을 잡았다.

애니는 제임스의 말에 주눅이 든 것처럼 보였다. 겨우 용기를 내서 왔는데, 제임스의 말 때문에 흔들리고 있는 것 같았다.

"공식적으로는 아니지만, 가족한테 허락도 받았고… 괜찮을 거야. 그냥 하이킹이야. 핀란드에서 하이킹하는 사람이 얼마나 많은데."

"사실… 나도 한번 가보고 싶긴 했어, 언제까지 숲 근처에도 못 가는 채로 있을 수는 없으니까."

진지하게 이야기를 나누는 그들과는 달리 피터의 관심은 오직 캐서린에게 집중해 있었다. 그는 그들의 문제에 신경 쓰지 않는 것 같았다. 그들은 기내식이 파스타가 나올지 오믈렛이 나올지에 대해

이야기하며 떠들고 있었다.

빌은 이런 여행을 부추긴 피터에게 부아가 치밀었다. 그는 캐서린이 산에 가자는 이야기를 꺼냈을 때, 애니의 사정을 알면서도 적극적으로 찬성을 했고 이런 꼴이 난 것이었다.

애니는 수하물을 부치러 갔고, 피터는 살짝 빠져나와 화장실에 가는 것처럼 해서 빌에게 다가왔다.

"애니가 뭐라고 해?"

"본인이 그렇게 부정적인 반응은 아니니까 일단은 괜찮지만… 갈 데가 망할 놈의 산밖에 없는 거야? 바다나 강, 좋은 데가 얼마나 많은데. 그리고 피터, 미리 말하지만 하이킹 중에도 쓸데없는 소리 꺼내지 마, 진심으로 하는 소리야."

"빌, 우리 너무 애니한테 끌려다닌다는 생각 안 해봤어? 언제까지 캠핑 한 번 안 할 거야?"

"그건 알아, 그래도 내가 하는 말이 무슨 뜻인 줄 알지?"

"알았어… 쓸데없는 말 안 할게, 됐지? 하여튼 친구, 너희도 좀 즐기라고, 어디 온 이상 기분 좀 내야지."

피터는 애니의 기분 따위는 관심이 없는 듯했다. 빌은 못마땅했지만 여행 가는 기분을 망치고 싶지 않았다.

애니는 흔들리는 비행기 안에서 빌에게 기대어 자고 있었고, 빌은 그녀의 금빛 머리카락을 뒤로 넘겨주었다.

그는 애니가 걱정이었다.

숲에 들어가지도 않을 것이고 별일은 없을 거라고 생각하지만, 그녀를 만나고는 그도 숲에는 한 번도 놀러가지 않았기 때문에 이런 여행이 낯설고 어색했다.

그날따라 비행기 안은 답답하고 공기가 무거운 느낌이 들었다.

비행기를 타는 도중에 잠깐 잠이 든 애니는 꿈을 꾸었다.

눈을 뜰 수 없는 정도의 폭우가 얼굴을 때렸다.

절벽 밑에 누워 있었다.

일어서려고 했지만, 손가락 마디 하나도 까딱할 수 없었다.

희미하게 누군가가 절벽을 내려오는 것이 보였고 뭐라고 말하는 것 같았지만 빗줄기가 곧바로 그녀의 목소리를 묻어버렸다.

울창한 숲조차도 내리는 빗줄기를 막아주지 못했다.

하늘은 먹구름이 낀 듯 어두웠고 주변에는 나무로 조각한 새 토템들이 나무 사이사이에 숨어 있었다.

젖을 대로 젖어 온몸에 달라붙은 옷 때문에 비를 그대로 맞고 있다는 것을 알았다.

자신의 무기력함이 끔찍이도 싫었지만, 비가 오는 진흙탕에 꼼짝없이 누워 있는 채로 할 수 있는 것은 아무것도 없었다.

그 상태로 시간만이 흘렀다.

그들은 비행기에서 내려 바로 공항에서 내리자마자 자신을 다니엘이라고 소개하는 가이드를 만났다.

그들은 바로 그가 몰고 온 밴으로 옮겨 타고 공항을 나갔다.

밤에도 비행기들은 뜨고 내리고 있었고, 이국적인 도로와 건물들을 보면서 그제서야 익숙한 곳에서 멀리 떠나왔음이 느껴졌다.

"애니… 제대로 못 잤어?"

"매번 꾸는 악몽을 꿨어… 비 오는 날에 내가 누워서 아무것도 못 하는 꿈… 신경쓰지 마. 멀리 나와서 잤고, 앉아서 잤는데 피로가 제대로 풀릴 리가 없지…"

빌은 걱정스러운 듯이 눈 밑에 검은 줄이 내려온 애니를 보았다. 피터도 캐서린과 대화를 나누는 한편으로 애니의 표정을 살피고 있었다.

피터는 가이드가 차를 몰면서 여행코스를 소개하는 말은 귀에 들어오지 않았고, 애니 때문에 여행에 차질이 생기지 않을까 노심초사하고 있었다.

대학 시절부터 그들과 어울리면 항상 즐거웠으나, 애니의 말 같지 않은 공포심 때문에 제대로 놀러 간 적이 없었다. 애니가 독립해 직장을 잡고 나서야 피터에게 캐서린을 소개해주었고 서로 친해지자는 명목으로 산으로 여행을 가게 된 것이다.

피터는 애니가 가진 트라우마에 대해서 처음에는 동정했으나, 그 동정심은 점점 실망과 짜증으로 변해갔다. 캐서린이 산을 말했을 때 바로 괜찮지 않냐며 그녀를 부추긴 이유도 그것이었다.

이제 피터는 그녀의 공포심은 신경쓰고 싶지도 않았다.

애니와 캐서린은 같은 계열 회사에서 일하는 동료였고, 사내에서 마주칠 때 인사 정도만 하는 사이였다. 다행히 캐서린은 애니의 트라우마에 대해 전혀 모르고 있었고 이번 여행이 끝날 때까지 몰랐으면 좋겠다는 생각을 했다.

그들은 숙소에 들르지 않고 바로 밴을 타고 하이킹 코스로 이동했다. 그들의 목적은 캠핑이었기 때문에 하루도 호텔 안에서 자고 싶지 않아서였다.

밴에서 내려 본 풍경은 푸른 지평선 위로 펼쳐진 나무들과 숲이었다. 들판을 걸으면 녹지 않은 눈들이 언덕위로 보였고, 나무가 모여 있는 숲의 입구가 저 멀리 보였다.

애니는 숲에 가기 전에 느꼈던 이유 없는 공포감 따위는 전혀 느끼지 않고 있었다. 하늘은 맑지는 않았지만 모처럼만의 여행이었다. 저 끝까지 펼쳐진 핀란드의 초록색 지평선을 바라보면서 산행을 즐기고 있었다. 나무를 스치고 불어오는 바람은 매서운 바람이 아니었고, 하늘은 그리 맑지 않았지만 구름은 포근한 느낌을 주었다. 그녀는 졸업 후 직장생활 때문에 제대로 어디 한 번 놀러 가지 못했던 아쉬움을 전부 풀고 있었다.

애니는 빌의 뒤에서 걸으며 드문드문 떨어진 녹색 숲을 바라보았다. 숲으로 들어가는 것은 아직도 내키지 않았지만, 들판을 걸으며 보이는 주변의 경치는 너무나 아름다웠다. 병에 걸렸을 때 요양을 어째서 숲에서 하는지 알 것 같다는 생각이 들었다. 주변에 있는 숲의 나무들은 도시의 가로등보다 두 배는 더 높이 솟아 있었고, 몇십 년은 된 것 같이 느껴졌다. 애니는 가끔 발목을 잡는 풀들조차 좋았고, 가끔씩 빌에게 장난을 걸면서 들판을 걸었다.

하지만 들판을 가로질러 가면서 주변에 숲밖에 없다는 것을 알게 되자 불안감이 스멀스멀 올라오기 시작했다.

"굳이 산을 가로지르지 않고 들판으로만 가신다니 특이하네."

"그런가요…?"

다니엘이 들판으로 가는 코스에 의문을 나타냈을 때, 빌이 대답하면서 슬쩍 애니의 표정을 보았지만 그녀는 별다른 반응이 없었다. 캐서린만이 아무것도 모른 채 주위를 둘러보며 핀란드의 경치를 만끽하고 있었고, 맨 앞에서 다니엘은 뭔가 켕긴다는 느낌으로 질문을 했다.

자신을 다니엘이라고 소개한 현지 가이드는 키가 큰 편이 아니었고 수염이 덥수룩했다. 여자치고는 키가 큰 캐서린과 반 뼘 정도밖에 차이 나지 않았기 때문에 캐서린이 그의 옆에 서면 더욱 작아 보였다. 그는 남색 등산복을 입고 있었는데, 입은 지 오래되어 색이 바래 그런 색이 된 것인지 원래 그런 색인지는 모르겠지만, 오히려 그 점이 가이드로서 오랜 세월 동안 일했다는 것처럼 느껴져서 묘한 신뢰감을 주었다.

또한 전혀 나침반이나 지도를 보지 않는 그는 이 지형을 전부 꿰고 있다며 자랑을 했다.

"산을 감상하면서 야영도 하려고 여행하는 것이 보통의 코스니까, 들판으로 돌아가면 2일 정도 더 걸리기도 하고, 산에 들어가면 얼마나 좋은데 그래, 더 상쾌한 느낌도 들고 나무들도 예쁘고…"

"산은 많이 가봐서요, 좀 탁 트인 넓은 데를 보고 싶거든요."

"흥, 산을 보면 얼마나 봤다고, 나는 10살 때부터 산을 올랐네. 가이드를 불러놓고 들판만 걸어다니게 하는 건 실례야."

다니엘은 조금 괴팍하긴 했지만 믿음직스러운 느낌을 주었다.

빌은 원래부터 짠 코스가 들판밖에 없는 코스이긴 해도 가이드와 함께 움직이는 것이 애니에게 불안감을 떨치게 하는 데에 효과적이라고 생각했다.

그렇게 걱정했지만 평화롭게 흘러가는 구름들과 시야에 다 담을 수 없는 들을 바라보고 있자면 그동안 했던 걱정과 불안들이 녹아내리는 듯했다.

피터는 어렸을 적 바이크 사고로 다리를 다쳤기 때문에 다리를 약간 절었고, 캐서린과 함께 일행의 뒤편에서 천천히 따라오고 있었다.

빌은 그들의 앞에서 목에 건 카메라로 애니를 쳐다보며 셔터를 눌렀다. 저 멀리 뻗은 능선을 배경으로 애니의 금발이 바람에 날리는 사진을 찍으면 좋은 사진이 나왔다. 그녀는 얼굴이 동글동글한 귀여운 상이었고, 피부는 일부러 태운 게 아님에도 불구하고 약간 구릿빛이었다. 그녀는 항상 피부가 하얘졌으면 한다고 말했지만 빌은 그녀의 구릿빛 피부를 상당히 좋아했다. 그렇지만 그녀는 자신의 피부가 희었으면 좋겠다고 말했고, 그녀가 자신의 피부에 대해서 물어보면 빌은 항상 하얗다고 대답했다.

빌은 사진을 찍을 때마다 웃음이 나왔다. 나중에 인화해서 벽에 붙여둘 생각만 해도 이미 기분이 좋았다. 빌은 계속 애니에게 다른 포즈를 요구했고, 애니는 귀찮다고 짜증을 내면서도 그가 말한 포즈에 응해주었다.

이렇게 하이킹하는 사람이 많은 곳에서 굳이 산에 들어갈 것도 아니면서 가이드를 쓰는 것이 특별하게 보이는 듯했지만, 가이드의 입장에서도 힘을 안 들이고 돈을 버는 일이니 그리 신경쓰지 않는 것 같았다.

빌이 텐트와 기본적인 야영 물품만 챙겨가라고 말했지만 애니는 나침반과 GPS 지도 그리고 기본 식량 외의 건조식품 등을 가방에 챙겨왔다. 그래서 애니의 가방은 그녀의 머리까지 솟아 있었다. 빌이 그녀와 가방을 바꿔 매 주겠다고 했으나, 애니는 그리 지치지 않았기 때문에 빌에게 넘겨주지 않았다.

애니는 가이드라고 그 넓은 곳의 지리를 다 아는 것은 아니라고 생각했고, 항상 어디서든 길을 잃을 수 있다고 생각했다. 그녀는 그런 경우까지 전부 생각해야 한다고 생각하는 사람이었다. 게다가 항상 숲에 가지 말라는 말을 들으며 자랐기 때문에 그녀에게 숲 주변을 걷는 것은 곧 위험지역 한복판을 걸어가는 일이었다.

피터와 애니는 고등학교 때부터 알고 지냈고, 지금까지 교류를 이어가고 있었다.

둘은 서로 좋은 관계를 유지했지만, 시간이 지나면서 잘못 끼워진 단추처럼 점점 서로 엇나간다는 것을 알았다. 결국에는 그들의 관계는 기본적인 친구 관계에 있어서도 마치 처음 보는 사람처럼 조심하지 않으면 안 되는 사이가 되었다. 그리고 빌과 캐서린이 둘 사이에 끼어듦으로서 둘의 관계는 종착역이 보이는 기차처럼 끝나가고 있었다.

캐서린은 항상 붉은색 매니큐어를 칠하고 다녔고, 애니는 그 색을 볼 때마다 짜증이 났다. 애니는 캐서린이 피터와 같이 있으면 잘 어울린다는 생각을 했지만 그 사실을 인정하고 싶지 않았다. 시원시원하게 큰 키에 뚜렷한 이목구비, 과묵한 편이지만 말할 때는 감정을 숨기지 않고 표현하는 그녀의 모습을 볼 때마다 화가 치밀었다.

피터의 요청으로 캐서린을 그에게 소개시켜 주긴 했지만 알 수 없는 아쉬운 감정이 올라왔다. 캐서린을 만난 피터가 그녀가 생각 만큼 마음에 들지 않는다고 하는 말을 듣고 싶었다.

그런 종잡을 수 없는 마음 때문에 피터를 항상 곁에 두고 싶어 했고 캐서린이 불여우처럼 그에게 붙어 키득거리는 것을 보면 부아가 치밀었다. 얼마 전 술집에서 여행지를 정할 때 캐서린이 산에 가고 싶다는 말에 바로 찬성한 것은 피터였고, 더 이상 피터는 그녀를 배려해주지 않는다는 것을 알았다.

저 멀리 팔짱을 끼고 걸어가는 캐서린과 피터를 보며 애니의 마음은 더욱 착잡해져 갔다.

핀란드의 쌀쌀한 바람을 맞으면서 피터와 캐서린과, 애니와 빌은 멀찍이 떨어져서 걷고 있었다. 캐서린은 산에 가고 싶다고 피터를 부추겼지만 이제 와서는 다리가 아프다면서 피터에게 징징거리고 있었다.

그런 모습이 애니는 꼴보기 싫은 듯 빌의 뒤로 가서 키가 큰 빌에게 그들의 모습이 가려지게 했다.

"젊은이들, 왼쪽 언덕 너머를 보시면 조각상이 있네."

"저건… 토템이네요. 원래 저렇게 기분 나쁘게 만들어요? 머리도 몇 개나 붙어있는 듯하고…"

캐서린이 혀를 내밀며 징그럽다는 듯이 말했고 옆에 있던 피터도 거들었다.

"숲의 신을 섬기는 토착민들이 만든 걸세. 아직까지 살아 있는지는 모르지만, 저건 부정을 방지하는 거지."

"왜 저렇게 눈깔이 많이 달린 거야? 징그럽게…"

"그런데 보통 토템은 숲속에 있는 거 아니에요?"

"저건 좀 다른 거요, 여기 사람들은 새가 영혼을 물어간다고 생각했소, 그래서 잘 때나 평소에도 새가 자신의 영혼을 거두어간다고 믿지, 그래서 새가 함부로 자신의 영혼을 거두어 가지 못하게 저런 걸 몸에 지니는 거요, 저것도… 새가 오가지 못하게 하는 주술적인 거지…"

들판 너머 숲의 앞에는 날개가 달린 새의 모양을 본뜬 토템들이 간간히 보였다. 마치 얼굴을 쌓아서 올려놓은 것의 중간에 날개가 달린 기분 나쁜 모양이었다. 토템들은 여기저기 흠집이 있고, 조금씩 부서져서 흉측한 몰골을 하고 있었다. 애니는 두려운 듯 토템 쪽은 쳐다보지 않고 있었고, 빌은 그녀의 어깨를 조용히 감싸 주었다.

아직 밤이 되긴 일렀는데도 하늘은 더욱 어두워지는 것 같았고 바람은 들판을 넘어 더욱 세차게 불어왔다. 저녁이 되자 들판의 푸르름은 점점 꺼져갔고, 녹색빛은 온데간데없었다.

첫날은 무리하고 싶지 않았기 때문에 다니엘에게 해가 지기 전에 텐트를 피고 식사를 할 것을 권했다. 다니엘은 불룩 나온 배를 쓰다듬으며 큰 나무가 있는 고지대에 자리를 피자고 제안했다. 산과 한참 떨어진 곳임에도 하늘은 금방 어두워졌다. 바람이 세차게 불며 조금씩 빗방울이 떨어지고 그치는 것이 반복되었다.

밤하늘은 아름다웠다. 전체적으로 구름이 끼어 있었지만 그 사이사이로 별들이 보였다. 이곳의 들판은 도시처럼 밝지 않았기 때문에 별들이 선명하게 빛나고 있었다.

그들은 불을 피우고 둘러앉아 소시지를 굽고 스튜를 끓였다. 그리고 피터는 바게트 빵을 꺼내어 일행에게 나누어 주었다. 잘 구워진 소시지는 먹음직스러웠다. 다니엘은 가지고 다니는 아마도 술이 들어있는 물병으로 몇 모금 술을 넘기더니 이야기를 시작했다.

"여기에 여행 온 이들 중에는 실종되는 이들이 많소."

모닥불이 다섯 명 앞에서 타닥타닥 소리를 내면서 타올랐다. 불길 때문에 모두의 얼굴은 붉은 빛으로 물들었다. 모닥불은 가까이 있으면 따뜻했지만 아주 조금이라도 그 따뜻한 곳에서 떨어지면 금세 몸이 추워졌다.

빌은 담요를 꺼내 애니와 자신의 무릎 위에 덮었다.

"새들이 영혼을 거두어갈 때 어떤 방법을 쓰는지 아나? 숲에서 벗어나지 못하게 하는 거요… 그럼 그 사람은 숲을 헤매다가 천천히 말라 죽는 거지.”

“어떻게요? 어떻게 헤매게 만드는데요?”

애니는 관심이 있는 듯 그의 말에 대꾸했고, 다니엘은 단어를 선택하는 듯이 잠시 후에 그녀에게 대답해주었다.

“같이 온 일행으로 변하는 거네, 그리고 그 일행은 이미 산 사람이 아닌 거고.”

“하하하하, 요새도 그런 걸 믿나요? 하도 나무만 보다 보니까 다들 미쳐서 그러는 거겠죠…… 미안해요… 다니엘, 전해 내려오는 걸 바보 취급하려는 건 아니에요.”

피터는 말을 하던 도중에 크게 웃음을 터뜨렸고, 빌은 다니엘이 조금 인상을 쓰는 것을 보았다.

“젊은 친구, 나도 자네 같은 사람 많이 봤네, 나도 여기 출신이지만 그렇게 이곳을 잘 아는 사람들조차 밤에는 숲에 들어가지 않네, 숲이 덫을 놓거든.”

“왜 그렇게 사람을 못 죽여서 안달 났대요? 그냥 나무 좀 보다 가려는 건데…”

캐서린이 피터에게 기대서 말했다. 피터는 증명할 수 없는 것을 사실처럼 말하는 것이 싫었다. 여행 온 자신들에게 겁을 주려는 듯한 가이드가 같잖게 보였다.

애니의 손에 들려 있는 스튜 그릇은 모닥불 근처에 있음에도 차갑게 식어있었다. 빌은 애니가 걱정스러웠다. 그녀의 아버지도 핀란드에 등산을 하다가 끝내 길을 다시 찾지 못하고 돌아오지 못했기 때문이다. 다니엘은 거리낌없이 숲에서 사체로 발견된 사람들의 이야기를 시작했고, 빌은 애니를 데리고 텐트로 먼저 들어간다고 양해를 구했다.

애니는 텐트 문을 닫고 빌을 바라보지 않는 반대방향으로 누웠다. 빌은 애니의 등을 감싸며 누웠다. 가방에서 침낭을 꺼내 애니가 들어가 눕도록 했고 랜턴을 꺼내 불을 켰다.

빌은 애니의 등을 감싸고 누워 그녀를 손을 꼭 잡았다. 밖에서는 아직도 캐서린과 피터가 그와 이야기하고 있었고, 그 소리가 텐트를 뚫고 그들의 귀에 들렸다.

잊었다고 생각했던, 세상에 없는 가족에 대한 생각이 다시 떠올랐다.

부모님은 산에 가는 것을 즐겼다.

애니가 중학생이 되던 해에 부모님과 함께 숲으로 여행을 갔고, 아빠는 절벽에서 떨어지는 사고를 당했다.

사실 애니는 그때의 기억이 거의 없었다. 진흙탕에 빠져 비가 온

몸을 때렸고 절벽을 올려다보고 있었던 것만 기억났다. 주변에는 나무들이 울창하게 자라 그녀를 내려다보고 있었고, 나뭇가지에 막혀 하늘이 보이지 않았다.

누군가가 절벽에서 내려오면서 그녀의 이름을 불렀던 게 기억이 났다. 그렇지만 왜 어째서 절벽에서 떨어졌는지는 기억이 나질 않는다.

다니엘이 들려준 말 중에 자신과 가족들의 이야기가 있을 수도 있다고 생각하면 마음이 불편했다.

"애니… 여기 오는 게 아니었다고 생각해?"

"아니…"

"안 좋은 기억을 꼭 마주하고 있을 필요는 없어."

"빌… 나는…"

"내일이라도 돌아가자. 하루 정도의 거리잖아, 가이드가 없어도 충분히 갈 수 있는 거리고… 게다가 지도하고 나침반도 있고, 가져왔잖아."

"…알고 있었구나, 빌. 아직은 괜찮아… 솔직히 모르겠어, 그리고 갑자기 우리가 가버리면 피터와 캐서린이 뭐라고 생각하겠어… 저 둘한테도 좋지 않은 기억이 될 거야. 다른 사람까지 안 좋은 기억으로 만들어주고 싶지 않아."

"그래도 돌아가고 싶으면 말해. 바로 짐 싸고 갈 테니까."

"고마워, 빌…"

애니는 그녀를 안고 있는 빌의 손등을 어루만졌다.

텐트 안으로 스며드는 핀란드의 차가운 들판의 바람 때문에 빌과 붙어 있는데도 몸이 으슬으슬 시려웠다. 내일 아침 다시 푸른 들판을 보면 기분이 나아질 거라는 생각을 했다.

빌은 침낭에 들어가 그녀에게 바싹 붙어 그 상태로 잠을 청했다.

애니도 나쁜 꿈을 꾸지 않길 바라며, 침낭이 그녀의 체온으로 데워질 때쯤 눈을 감았다.

다음날 빌이 일어났을 때는 텐트 밖이 소란스러웠다.

그리고 텐트 안에는 검은 새가 죽어 있었다.

새는 방금 전까지 살아 있던 듯 정신없이 움찔거리며 피를 쏟았다.

빌은 흠칫 놀라면서도 얼른 텐트 문을 열고 새를 집어던졌다. 그는 애니가 이런 광경을 보는 것을 원하지 않았다. 다행히 그녀는 아직 깨지 않아 보지 못한 것 같았다.

가방에서 물티슈를 꺼내 텐트 안에 범벅이 된 새의 피를 대충 닦고 어지러이 놓인 새의 깃털을 모아 밖으로 내보냈다. 그리고 텐트 밖을 본 순간 보이는 광경은 더욱 믿을 수 없었다.

텐트 주위에 검은 새들이 배를 까뒤집고 죽어있었다.

빌은 속이 메스꺼워지는 것을 참고 텐트 주변의 새들을 발로 차서 멀리 치웠다.

"젠장…"

애니가 일어나면 이 광경을 무조건 보게 될 것이 분명했다. 애니가 깨면 바로 그녀를 달래서 당장 이곳에서 벗어나야 했다.

애니와 빌, 캐서린과 피터, 다니엘의 세 동의 텐트 주변에 수십 마리의 새들이 죽어있었고 생명이 다해가는 듯 경련을 일으키고 있었다. 누가 배를 가른 것처럼 새들은 발버둥치고 있었으며, 검은 깃털이 풀과 뒤엉켰다. 자그마한 새들의 몸에서 나온 피기 풀숲 여기저기에 묻어 있었다.

빌은 결국 애니를 흔들어 깨웠다. 애니는 빌에게 무슨 냄새냐고 묻다가, 그의 뒤로 텐트 밖의 광경을 확인하고 웅크려서 벌벌 떨기 시작했다. 빌은 인상을 쓰며 이마를 만졌다. 텐트에 꺼내놓은 짐들을 정리하기 시작했다.

잠에서 깬 다니엘과 피터도 그 광경을 보고 빌을 따라서 가방에 짐을 정리해서 담기 시작했다. 캐서린도 텐트에서 죽은 새를 집어 던지고 나와서 여기저기 죽어 있는 새들을 발로 밀면서 피터와 같이 텐트를 접었다.

"하룻밤 사이에 이런 일이 가능해?"

"…당장 여길 떠야 해."

"뭘 개 같은… 숲에도 안 들어갔는데… 어떤 정신병자 새끼들이 이러는 거야? 어제 말한 부족들 아직 살아있어요?"

"…꼭 나무들 속에 있어야 숲은 아니지. 숲에 둘러싸여 있으면 숲 안에 있는 걸세."

다니엘은 허둥대며 침낭을 접었고, 손을 떨면서 텐트핀을 뽑고 텐트를 정리했다. 빌은 애니의 떨리는 손을 잡고 일으켜 텐트 안에서 나오게 했다. 그녀는 나오자마자 눈을 감고 빌의 다리를 잡고 쪼그려 앉았다. 처음 용기를 내서 나온 여행에서 이런 일을 겪었으니 더욱 그녀는 숲을 무서워하게 될 것 같았다.

캐서린은 자신의 배낭에 피가 묻었다며 불평을 했고, 피터는 텐트 핀을 하나 잃어버렸다며 이리저리 움직이며 찾고 있었다. 애니는 다시 텐트 안으로 기어들어가 일기장과 늘어놓은 옷 그리고 랜턴과 수건을 배낭에 억지로 구겨 넣었다.

애니의 얼굴에는 공포가 서려 있었다. 떨고 있는 것을 눈으로 볼 수 있을 정도였다.

그들은 급히 짐을 챙겼고, 아무 일도 없었다는 듯 햇볕아래 푸르름을 자랑하고 있는 들판의 지평선을 바라보았다.

"다니엘, 전에도 이런 적 있었어요? 어떤 미친놈들이 와서 새 시체 뿌린 거 말이에요."

피터는 다니엘에게 따지듯 말했지만 그는 대답하지 않았다. 텐트를 다 접자 다니엘은 일행이 보고 있는 방향과 반대쪽으로 움직였다.

"다니엘, 그쪽 아니에요, 그쪽은 반대예요."

"앞으로 더 못 가네… 이대로 계속 가면 덫에 빠져서 숲에서 헤매이게 될 걸세…"

"아니, 숲에도 안 들어갈 건데 어떻게 숲에서 냅다 헤매요? 돈 받았으면 가야지, 200이나 받았잖아! 좆같은 평지만 가는데 200을 받았으면 가셔야지!"

피터는 흥분한 듯 다니엘에게 소리를 질렀고, 옆에 있던 캐서린이 그를 말렸지만 소용없었다.

"젊은 친구, 미안한데 이제 손 뗄 거야, 내 옆에 붙지도 말게, 왔던 길까지는 같이 가 주겠지만, 앞으로는 안 갈 걸세."

다니엘은 돈을 꺼내 피터의 가슴팍에 붙였다. 그가 손을 떼자 돈은 밑으로 흘러내렸다. 그리고 일행이 따라오든 말든 다리를 움직였다. 다니엘의 멱살을 잡으려고 그에게로 다가가는 피터를 빌이 뜯어말렸다.
어제만 해도 아름다웠던 초원이 잿빛으로 보였다. 아름다웠던 호수는 식은 것처럼 보였고, 드문드문 있는 숲은 그야말로 공포 그자체였다.
숲에 들어가지도 않았는데 온몸이 으슬으슬 떨렸다.
멀리 떨어진 숲이 모두를 점점 가까이 감싸안는 것 같았다.

"시팔, 뭔 말도 안 되는…"
"진짜 재수가 없을라니까, 하이킹 좀 하자니까 진짜."
"적당히 하고 그만 가자, 숙소에 가서 생각하고…"

캐서린의 말을 빌이 잘랐고, 그는 굳은 얼굴을 하고 있는 애니의 손을 쥐었다. 애니의 손은 차갑게 식은 채 떨렸다. 그녀는 새들을 보고 난 이후부터 아무런 말도 하지 않고 있었다.

빌은 좀 더 가깝고, 오래 걷지 않는 곳에 그녀를 데려갔어야 했다고 자책했지만 이미 상황은 벌어졌다. 지금 상황은 그녀의 과거를 극복하는 것이 아니라 도리어 헤집어놓는 꼴이었다.

"피터, 그냥 우리끼리라도 가자. 새 좀 죽어있다고 못 갈 건 뭔데?"

"무슨 말하는지 알아. 그래도 처음 오는 곳인데 가이드 없이 가는 건 무리야, 그리고 애니가…"

"일주일 동안 캠핑 간다고 친구한테 자랑하고 왔는데…"

피터에게 캐서린이 불평을 시작했고 피터는 짜증난다는 듯이 고개를 저으며 말했다.

빌은 애니에 대한 걱정이 머릿속에 가득 차 있는 상태였기에 옆에서 저런 말만 하는 캐서린에게 화가 났다.

"다니엘, 전에도 이런 일이 있었나요?"

"저 새들은 죽을 사람한테나 나타나는 걸세…"

캐서린이 다니엘에게 물었고, 그의 답변을 듣고 기분이 나쁜 듯 얼굴을 찡그렸다.

다니엘의 말이 끝나기가 무섭게 빗방울이 떨어지기 시작했다.

조금씩 굵어지는 빗줄기는 호수에, 들에, 숲에 그리고 판란드의 모든 광경을 덮어가기 시작했다. 비를 맞은 풀들은 불규칙한 소리를 내며 비가 그들의 몸을 적셨다.

빌은 목에 맨 카메라를 품 안에 넣었고 그들은 허둥지둥 주변에 보이는 큰 나무 아래로 들어갔다.

비는 큰 나무를 당연한 듯이 뚫고 들어와 모두를 적셔가고 있었다. 애니와 빌이 입은 쑥색 등산복은 비를 맞아 짙은 녹색이 되었고, 피터와 캐서린이 입은 등산복도 젖어서 짙은 적색이 되어갔다. 그냥 비를 맞고 있으면 안 되겠다고 판단했는지, 다니엘은 제외한 이들은 투명 우비를 꺼내 입었고 다니엘은 그냥 비를 맞았다.

한낮인데도 먹구름이 햇빛을 철저히 가렸기 때문에 정오가 지났을 뿐인데, 저녁 무렵같이 어두웠다.

엎친 데 덮친 격으로 비까지 오자 캐서린은 인상을 쓰며 하늘을 노려보았고, 애니는 나무에 기대서 고개를 푹 숙였다. 마치 그녀의 잘못이라도 되는 것처럼.

순간 그녀의 발밑에 무언가가 둔탁한 소리를 내면서 떨어지기 시작했다.

파악.

푸억.

퍽.

"으악!"

"…뭐야?"

위에서 떨어졌던 것은 검은 새들이었다. 떨어진 새들은 미세하게 경련을 일으키고 있었다.

떨어진 새를 본 후, 그들은 천천히 나무 위로 고개를 올렸다. 비를 피하러 들어온 나무가 엄청난 수의 검은 새떼로 덮인 나무라는 사실을 알게 되었다. 그들은 까맣게 새떼가 앉은 나무 밑에서 비를 피하고 있었던 것이다.

꿈틀거리는 새들을 본 캐서린은 엉덩방아를 찧으며 주저앉았다. 애니는 놀란 듯이 숨을 크게 내쉬며 빌을 붙잡았다. 그리고 잠시 후 누가 먼저랄 것도 없이 비 오는 들판을 가로질러 뛰어가기 시작했다.

어떤 방향으로 가는지, 우비의 모자가 젖혀져 비가 들이치는지 신경쓰지 않고 미친 듯이 뛰어갔다.

그리고 그 나무에서 벗어난 순간 수많은 새가 푸드덕대는 소리와 함께 아파트 5층은 되는 나무를 둘러싸고 있는 가지에 앉은 모든 새들이 날아오르기 시작했다.

하늘에 새가 반, 먹구름이 반인 것처럼 느껴졌다.

날아오른 새들은 기분 나쁜 울음소리를 내며 땅에 떨어지기 시작했다.

일행은 얼마 지나지 않아 숨이 찼다. 끔찍한 새들은 하늘을 덮었는데 그들은 지쳐서 속도가 느려졌다.

"헉헉, 이보게들, 아무리 달려봤자 돌아가려면 하루 정도는 걸어야 해… 이 새와 비를 뚫고 갈 순 없겠어… 저 앞의 숲에 몇 시간만 가면 나오는 오두막이 있어, 그리로 가지…"

다니엘은 다급하게 일행을 불러 세우며 저 멀리 보이는 숲을 가리켰고, 일행이 승낙하기도 전에 숲 쪽을 향해서 뛰어갔다.

그러나 젖은 풀을 밟으며 들판을 향해 기진맥진한 상태로 뛰던 애니는 그 자리에 멈추어 섰다.

그녀는 이런 와중에도 숲에 들어가는 것이 그 무엇보다 싫었다.

"방법이 없어! 애니!"

피터는 그런 애니를 보며 소리를 치고는 캐서린과 함께 다니엘의 뒤를 따랐다. 다니엘과 피터, 캐서린은 들판 뒤로 멀어져 갔고, 애니는 들판에 우두커니 서 있었다.

비는 그녀의 우비를 타고 후두두둑 소리를 내며 흘러내렸고, 우비 밖으로 삐져나간 금색 머리카락은 젖어서 그녀의 얼굴에 달라붙어 있었다. 새들은 괴상한 소리를 내며 하늘을 날아다녔다. 비바람은 그칠 기미가 보이지 않았다.

애니는 울상을 지으며 머리를 감싸고 웅크렸고 빌은 그녀에게 다가가 자신의 몸으로 그녀를 감쌌다.

구오오오어어옥

빗소리를 뚫고 기분 나쁜 새 소리가 울려 퍼졌고, 새들은 그들을 지켜보기라도 하는 듯이 저공비행을 했다.

저 멀리서 빗줄기를 뚫고 피터가 둘의 이름을 부르는 소리가 들렸다. 빌은 공포에 질려 앉아있는 애니를 진정시키려고 노력했지만, 그녀는 새가 푸드덕거릴 때마다 놀라 움찔거렸다.

"애니… 얼른 비를 피하자. 비만 그치면 바로 돌아가자, 다니엘도 다시 돌아간다고 했으니 문제없을 거야."

그의 말에 애니는 어느 정도 진정이 되었는지 빌의 손을 잡고 일어났고 일행이 간 방향으로 뛰기 시작했다. 시야를 가릴 정도로 쏟아붓는 비 때문에 잘 가고 있는 것인지 가늠조차 되지 않았다.

피터는 숲을 향하다 중간에 멈추어 애니와 빌이 오기를 기다리고 있었다. 새들은 그들이 가는 방향 쪽으로 이리저리 날며 하늘에서 사라질 줄을 몰랐다. 그렇게 많은 새를 한 번에 본 적이 없었다.

애니는 그리 빨리 뛰고 있지 않은데도 숨을 지나치게 몰아쉬고 있었다.

　빌의 머릿속에서는 여기 오자는 말이 나왔을 때 말렸어야 한다는 생각이 계속해서 들었다. 신경쓰지 못하는 사이에 우비 모자가 벗겨져서 머리카락과 상의가 축축하게 젖어 있었다.

　장대 같은 빗줄기가 쏟아졌다. 정신없이 날아다니는 새들을 피해 곧 숲의 입구에 다다랐다. 멀리서 보았을 때는 작아보였지만 숲 앞으로 다가가니 나무들은 그들의 키보다도 더 높게 서서 그들을 내려다보고 있었다.

　애니는 숲 앞에서 잠시 망설였지만 어지러이 날아다니는 새들을 돌아보고는 떨어지지 않는 발걸음을 옮겼다.

　숲의 입구에는 여기저기 부서진 토템 하나가 숲 앞에 덩그러니 놓여 있었다. 액을 막아주는 것이라 하긴 했지만, 그 끔찍한 몰골을 보니 더 숲에 발을 들이기 싫어졌다.

　일행은 전부 숨이 차서 숨을 몰아쉬고 있었고, 그들 앞에는 숲과 이어지는 골짜기와 그 밑으로 강이 흐르고 있었다. 눈앞에는 흔들다리가 있었고 강물은 흔들다리의 바로 밑까지 쳐들어와 흔들다리는 위태롭게 요동치며 매달려 있었다.

　강에 가까이 다가가기도 전에 미친 듯이 흐르는 물이 소리가 들렸으며, 비가 와서 불어난 강물은 모든 것이든 집어 삼킬 듯이 흐르고 있었다. 흙탕물이 된 강의 폭은 10m 정도로 넓은 강이었지만 엄청난 빗줄기 때문에 강물이 소용돌이를 발생시키며 흐르고 있었다.

강의 반대편에는 나무가 빽빽하게 들어차 있었다. 어서 건너오라고 손짓하는 것 같았다. 새들은 아직까지 빗줄기와 함께 그들 주위를 날고 있었다.

숲으로 들어간다면 나무에 가려 그들을 찾을 수 없을 것이라고 생각했다. 강물은 언제 얼마나 더 불어날지 몰랐다. 광기 어린 강물은 순식간에 그들 모두를 삼켜버릴 수 있을 것 같았다.

몸은 이미 젖을 만큼 젖어서 옷이 몸에 달라붙었다. 장대 같은 비 앞에서 우비는 아무런 소용이 없었다.

"건너야 돼… 저 다리를 건너야 여행자 쉼터로 갈 수 있네."

"다니엘! 다른 길은 없어요?"

"없어… 돌아가려면 절벽을 넘어야 해. 이렇게 비가 많이 오는데 절벽을 넘는 건 도강보다 더한 자살행위일세. 강물이 더 불기 전에 어서 건너세."

빌은 아무리 새들이 기분 나쁘게 날아다니고 비가 퍼부어도 숲으로 들어가는 것은 싫었기 때문에 다니엘에게 다른 길을 물었지만, 그는 이 흔들다리를 건널 생각인 것 같았다.

빌은 입술을 깨물었다. 숲으로 들어가면 이 상황이 조금 나아질지 몰라도 애니의 공포감만 키우는 꼴이었다.

가이드는 넘실거리는 강물 위로 휘청거리는 흔들다리의 끈을 잡고 비틀대며 건너기 시작했다.

휘몰아치는 비바람 속에서 차례차례 줄을 잡았고, 줄을 잡고 건너는 동안에도 흔들다리 밑까지 차오른 강물 때문에 물이 여기저기 튀었다.

애니는 다리가 강에 쓸려 떠내려갈 것 같아 꺼려지는 것도 있었지만, 숲에 들어가고 싶지도 않았다. 사람 하나 집어삼키는 것이 일도 아닐 것 같은 강물보다도 숲에는 더 두려운 것이 숨어서 기다리고 있는 것 같았다.

피터와 캐서린은 다니엘을 따라 흔들다리를 건너기 시작했다. 흔들다리는 미친 듯이 흐르는 강물과 닿아 자유 낙하하는 깃털같이 이리저리 요동치기 시작했다.

"빌! 애니! 곧 다리가 쓸려갈 거야! 빨리 가야 해!"
"애니, 내가 건너면 바로 따라와, 밑에는 절대 쳐다보지 말아!"

피터는 다리를 건너면서 빌과 애니를 다그쳤고, 그들은 차례로 흔들다리를 건넜다. 잠시 후 다니엘과 피터, 캐서린은 이미 다리를 다 건너고 반대편 골짜기 위에서 그들을 재촉했다.

빌은 떨어지면 여기서 끝이라는 생각을 하면서도, 계속 뒤를 돌아오며 애니가 잘 오고 있는지 확인했다.

흔들다리는 더욱 이리저리 요동쳤고, 빗물 때문에 바닥이 미끄러워서 발을 헛디디면 몰아치는 흙탕물 안으로 금세 떨어질 것 같았다. 다니엘과 캐서린은 강물 근처에서 멀찍이 피해 있었고 피터는 안절부절 못하고 흔들다리 앞에서 소리쳤다.

빌은 흔들다리 끝에서 다리를 반쯤 건넌 애니에게 손을 내밀었다.

"애니, 다 왔어!"

다리는 금방이라도 강물에 쓸려갈 기세로 위아래로 흔들렸다.

피터가 강물 위를 손가락으로 가리키며 뭐라고 하는 것 같았지만 그의 말은 강물의 거대한 굉음 속에서 들리지도 않았다.

쿠콰콰콰콰콰콰콰콰콰콰

그 순간 저 멀리서 골짜기를 가득 메우는 물이 쏟아져 내려왔다. 그제서야 빌은 피터가 말한 것이 계곡에서 쏟아져 내려오는 엄청난 급류라는 것을 알았다.

애니는 멀리서 밀려내려오는 물을 멍하니 쳐다보고 있었다. 빌은 망설임 없이 애니가 있는 쪽으로 뛰어갔다. 흔들리는 다리를 단숨에 달려간 그는 그녀의 손을 낚아채 다시 골짜기로 돌아가려고 했다. 피터와 캐서린, 다니엘은 멀찌감치 물러서서 그들이 급류를 피해 다리를 건너는 것을 지켜보고 있었다.

빌이 애니의 손을 잡고 골짜기에 도착했다고 생각하는 순간, 그들이 왔던 쪽의 흔들다리의 말뚝이 빠지면서 반대쪽 다리 끝부터 강물에 휩싸이기 시작했다.

그리고 위에서부터 내려온 급류는 애니와 빌을 휘감아 쓸어갔다. 다리는 건너편 말뚝에만 의존하는 상태였다.

피터는 애니와 빌이 불어난 강물에 휩쓸렸다고 생각했다.

애니가 정신을 차렸을 때는 이미 물이 빌과 자신을 삼켜 물 속에서 이리저리 밀려가고 있었다.

"빌! 애니!"

피터는 급류에 밀려가는 그들의 이름을 불렀다.

캐서린과 다니엘은 놀란 눈으로 강물을 응시했고 다니엘은 피터를 강물로부터 피하게 하기 위해서 피터에게 다가갔다.

불운하게도, 다니엘이 피터의 어깨를 잡는 순간 반대편 말뚝마저 빠지며 그 일대 지반을 무너뜨렸다.

"으헉!"

다니엘의 왼쪽 발이 무너진 지반으로 미끄러져 내려가면서 비명과 함께 그의 큰 몸체가 휘청거리며 강물에 떨어졌다.

피터가 미끄러지는 그를 잡으려 했지만, 피터의 손은 다니엘의 팔에 스치고는 그대로 흙탕물을 향해 떨어졌다.

"젠장할! 다니엘! 빌! 애니!"

강물은 언제 그들을 삼켰는지 시치미를 떼고 전과 같이 엄청난 세기로 흐르고 있었고 피터가 그들을 부르는 소리마저 묻히게 했다.

피터는 엎드려서 그들의 이름을 불렀지만 아무런 대답이 없었다.

"피터!"

캐서린은 몇 미터 떨어진 지대가 낮은 지점의 나무를 가리켰고 애니와 빌은 떠내려가다 나뭇가지에 걸려 있었다.

빌은 한 손으로 나무 줄기부분을 잡고 다른 손으로는 애니의 팔목을 잡고 있었다. 그들은 넘실대는 강물에 언제라도 휩쓸려갈 것 같았다.

피터는 강둑을 따라 그들의 이름을 부르며 달려갔다. 그는 나뭇가지를 잡고 손을 뻗어서 애니를 잡아 먼저 끌어올렸고 곧이어 캐서린과 함께 빌도 무시무시한 물살에서 끌어올렸다.

빌이 애니의 손을 놓치지 않은 것이 정말 다행이라고 생각했다.

"빌… 애니… 괜찮아? 제길… 강물이 빠질 때까지 기다렸어야 했는데 여길, 억지로 건넌 건 멍청한 생각이었어."

"가방… 잃어버렸어, 거기에 지도와 나침반하고 식량까지 들어있는데…"

애니는 죽음의 고비에서 살아나온 것보다는 이런 경우를 대비해 가져온 물품이 담긴 배낭이 없어진 것에 더 신경쓰고 있는 것 같았다.

"빌, 우선 이 망할 강물에서 멀어지자."
"콜록콜록… 일단 숲 방향으로 더 걸어 들어가야 돼."
"가이드 아저씨는…"

캐서린의 말에 피터는 조용히 고개를 가로저었고 기침을 하는 빌을 부축해서 숲 안으로 발을 옮겼다. 그들은 덜덜 떨고 있었고 애니와 빌은 입에 모래가 들어갔는지 침을 뱉었다. 그들은 이미 비를 맞으며 들판을 가로지르고 강물을 건넜기에 온몸이 젖어 있었다. 질이 별로 좋지 않은 우비는 장대비 앞에서 효과적으로 비를 막아주지 못했고, 조금 있으면 속옷까지 젖을 것이라는 생각이 들었다.
빌이 걱정스러운 듯 말했다.

"빨리 오두막을 찾아야 돼, 그렇지 않으면 우리 모두 체온이 너무 떨어져 위험해질 거야"
"망할… 오두막은 무슨 수로 찾아? 그 노인네 떠내려갔다고…"

여행자 쉼터 7KM

너무 낡아서 팻말이라는 것을 간신히 알아볼 수 있는 나무판이 숲의 컴컴한 안쪽을 가리키고 있었다.

오후 4시밖에 되지 않았지만, 비가 오는 날씨의 숲은 어두컴컴했고, 이미 해가 저문 것처럼 아무것도 보이지 않았다.

그리고 빛 한 점 들어오지 않는 비 오는 숲을 걷고 있는데도 불구하고, 정체불명의 새소리와 푸드덕거리며 날아가는 소리가 들려왔다. 새들은 나무 높은 곳에 앉아 그들을 지켜보는 듯했다.

서둘러 오두막에 들어가 몸을 녹이고 싶은 생각이 굴뚝같았다.

"이제 좆같은 새라면 지긋지긋해."

피터가 들으라는 듯이 소리를 질렀고, 빌은 앞장서서 손전등을 켰다. 그러면서 애니의 손을 잡았고 그녀의 손이 생각보다 차갑다는 것을 알았다. 그의 머릿속은 어서 애니를 데리고 오두막에 가서 불을 피우고 쉬어야 한다는 생각밖에 없었다.

그렇지만 또 지금 이 어두운 숲에 들어가는 것이 옳은 일인지에 대한 의문이 들었다.

"가방에 큰 랜턴을 하나 가져왔는데, 내 가방에 없는 거 보니 아

까 급하게 챙길 때 애니 가방에 넣었나 봐, 나한테 손전등 하나밖
에 없어…”

“아마… 내 가방과 같이 지금쯤 강물 밑에 있을 거야.”

“나한테 손전등 있어.”

캐서린이 뒤쪽에서 손전등을 켰고 그제서야 그들이 가고 있는 곳
의 전체적인 시야가 눈에 들어왔다.

피터는 다친 다리에 통증이 있는지 얼굴을 찌푸리면서 말했다.

“서두르자… 이제 곧 더 깜깜해질 거야.”

그들과 이야기라도 하듯이 새들이 ‘고우우옥’거리는 끔찍한 소리
로 울었고, 새들의 울음은 숲을 타고 퍼져나갔다.

한기에 몸이 떨리는 것이 느껴졌다. 발은 물이 들어와서 발을 내
걸을 때마다 질퍽거렸으며 어서 오두막에 도착해 모닥불을 피우고
옷을 말리고 싶었다.

그들은 이미 만신창이였지만 비는 계속 내리쳤다.

“내 꿈 같아… 산속에서 계속 비를 맞는… 빌, 시각장애인들은
꿈을 꾸면 하얀색 꿈을 꾼대… 아무것도 본 것이 없으니까, 분명
내가 꾸는 꿈도 어렸을 때 봤던 거겠지?”

빌이 떨면서 자신의 뒤에 바싹 쫓아오는 애니를 진정시키려고 했지만 피터가 먼저 애니에게 화내듯이 말했다.

"그만해 애니! 그딴 소리 듣고 싶지 않아, 지긋지긋해! 우린 그냥 오두막이나 찾아서 좀 쉬다가 나가면 된다고!"

피터의 말이 메아리가 되어 비를 뚫고 일행에게 다시 돌아왔다

그는 어딘지 모르는 숲을 걷고 있는 이 상황 자체가 맘에 들지 않는 것 같았다.

"빌⋯ 저 새들⋯ 너무 무서워⋯."
"망할⋯ 적당히 좀 해! 이미 지금도 충분히 좆같다고!"
"애니⋯ 진정해 피터의 말대로 내일이면 나갈 수 있을 거야."
"정말 여기 왔을 때부터 분위기 깨더니, 재수 없는 소리 좀 그만해 한두 번도 아니고."
"이제 그만해, 눈이나 크게 뜨고 주변에 오두막이나 찾아."

피터와 캐서린이 애니가 하는 말에 짜증나는 듯 쏘아붙였지만, 빌이 그들 사이에서 중재했다.

비와 공포스런 새들에게 다들 지쳐가는 것이 느껴졌다. 맨 앞에서 걷고 있는 빌의 손전등이 계속해서 깜박거렸다. 그는 잠시 쉰 후에 빗줄기가 멎으면 출발하자는 말을 꺼내고 싶었다.

애니가 빌의 바로 뒤에 붙어서 말을 꺼냈다.

"빌… 가족이 가지 말라고 할 때 가지 말았어야 했어… 그래서 이렇게 되어버린 거야."

"애니 그런 게 아냐, 그냥 새가 많은 지역이었고, 다니엘도 운이 나빠서 강에 휩쓸린 것뿐이야… 그냥 사고야… 네 잘못이 아니야."

"맞아, 그런 건 없어. 그냥 운이 안 좋은 것뿐이야, 이런 말하기 뭐하지만, 난 네 가족도 마찬가지라고 생각해, 불의의 사고였던 거고, 그냥 그 상황이 사람을 죽게 만든 거야."

피터가 빌의 말에 덧붙였다. 그도 더 이상 애니가 공포에 질려 말하는 것을 듣기 싫었는지, 그녀를 진정시켜 주려는 것 같았다.

그렇지만 애니는 꿈에서 나온 그 악몽 같은 상황이 지속되지 않을까 불안해하고 있었다.

"빌… 오두막에 가면 관리하는 사람이 있을까?"

"…사실 그럴 가능성은 낮아. 출발지에서 동쪽으로 하루밖에 떨어지지 않은 곳이고… 이런 곳에 여행자 쉼터가 있어도 잘 오지 않을 뿐더러, 여기에서 조난당하리라 생각진 않잖아… 아마 관리가 잘 안 되고 있는 곳일 거고 잘해봐야 식량이나 약품들 조금 있겠지."

캐서린이 앞장 선 빌에게 물었고, 그녀가 들은 것은 그리 좋지 않은 예상이었다.

"스테이크 하우스라도 기대한 건 아니지? 지도라도 찾으면 다행이라고."

"강 쪽으로 오기 전에 확인했는데, 우리가 원래 가려던 코스 쪽이 동쪽이고 이쪽 숲이 북동쪽이었어. 그러니까 즉 남쪽으로 조금만 내려가면 원래 코스를 찾을 수 있을 거야. 그러니까 너무 걱정하지 마."

그 정신없는 상황에서도 빌은 나침반을 보고 방향을 확인해 둔 것이었다. 애니도 가방에 준비해 오고도 사용하지도 못하고 다 잃어버린 자신과 비교되어 부끄러워졌다.

"그냥 오두막에 가면 불을 피우고 옷을 말릴 땔감이나 있었으면 좋겠어."

피터는 바로 옷을 말리고 싶어했고, 나무 사이를 열심히 보면서 오두막을 찾고 있었지만 어디에도 보이지 않았다. 그들의 말은 빗소리 때문에 일 미터도 더 퍼져나가지 못하는 것 같았다.

맨 앞에서 가고 있는 빌이 하는 말은 끝에 오고 있는 피터에게는 작은 소리로 들렸기 때문에 서로 대화를 주고받으려면 큰 소리로 말을 해야 했다. 간간이 들려오는 귀를 찢을 것 같은 새소리가 귀를 먹먹하게 만들었다.

"도대체 저렇게 좆같이 우는 새는 무슨 새야? 다 구워서 산기슭에 던져버리고 싶어."

"이제 곧 날이 저물 거야… 지금도 어둡지만 날이 지면 더 어두워 질 거야 오두막을 찾아야 해, 다니엘이 3시간 정도 거리라고 했어… 우리 얼마나 걸었지?"

"점심도 먹지 않고 4시간 정도?"

피터는 계속해서 큰 소리로 불평불만을 늘어놓았다. 빌은 태연한 척 대답했지만 아무리 걸어도 오두막이 보이지 않자 점점 초조해졌다.

"빌, 우리… 제대로 가고 있는 것 맞아?"

"걱정하지 마, 금방 쉼터가 나올 거야."

애니가 그의 뒤에서 조그만 목소리로 물었다. 그녀는 이미 많이 지친 상태인 것 같았다. 나아가면 나아갈수록 새들이 죽어서 피와 비가 섞인 시체들과 어지럽게 자란 나무들이 그들의 앞을 가로막았다.

빌은 더 이상 걷는 것은 힘들다고 판단해 큰 나무 밑에서라도 쉬었다 가자는 말을 하려 했다. 그 순간 랜턴에 비친 나무들의 틈으로 오두막이 보였다.

"좋아, 이제 살았다."
"조금만 더 갔으면 실신했을 거야, 정말."

피터와 캐서린은 오두막을 보자마자 안도의 미소를 지었다.

오두막 앞에는 잡풀들이 무성했고 몇 년은 관리를 하지 않은 것 같았다. 창문은 깨져있었고 근처에는 쓰다만 수레바퀴가 굴러다녔지만 그런 건 중요하지 않았다. 그들은 지칠 대로 지쳐 있었고, 비에 온몸이 젖어 있었다. 쌀쌀한 바람이 그들의 몸을 몇 차례나 훑고 지나갔기 때문에 그들은 망설임 없이 오두막으로 들어갔다.

예상과는 오두막 안에는 누가 있던 흔적이 있었다. 집에 있는 물건들에 그런 흔적이 보였다. 그러나 위를 보자 누가 잡아서 매달아 났는지 머리와 부리 또는 다리가 없는 죽은 새들이 천장에 대롱대롱 매달려있었다. 벽난로 옆에는 산탄총이 걸려 있었다.

애니가 기겁하며 소리를 지르고 밖으로 나가려 했지만, 입구에서 어둠에 흔들리는 가지들을 보더니 다시 오두막 안으로 들어왔다. 그러고는 최대한 새의 사체들과 멀리 떨어진 벽난로 쪽 구석에 들어가 앉았다.

캐서린은 체념한 듯 나무의자에 털썩 앉았다. 빌과 피터는 오두막 안을 둘러보았다. 오두막은 10평 남짓 되어 보이는 작은 공간

이었다. 창문으로 비가 조금씩 들어왔지만 하루 정도를 보내기엔
나쁘지 않았다. 천장에 매달린 새들을 당장 밖으로 던져버리고 싶
었지만, 무언가를 밟고 올라가야 닿을 정도의 높이였고, 모두 지쳤
기 때문에 굳이 건드리지 않았다.

"여기에 살던 사람하고 마주치지 않는 게 좋을 것 같아…"

빌이 매달린 새들을 보고 말했고, 피터는 바닥에 누워서 중얼거
렸다.

"난 여기가 귀신의 집이라고 해도 상관없어."
"주인한테는 미안하지만, 책상을 태워야겠어."

밖에 나가서 땔감을 구한다고 해도 젖어 있어 불을 피울 수 없
기 때문에 빌은 할 수 없이 책상을 부수어 땔감 삼아 불을 피웠
다.
벽에 걸린 지도는 누가 급히 가지고 나간 것처럼 반이 뜯겨나가
있었고, 나머지 지도의 반은 누래졌지만 알아볼 수는 있었다.
캐서린은 지도를 들고 손전등을 비추어 최대한 누렇게 바랜 지도
를 살펴보려고 애썼다.

"흐음… 우리가 숲으로 오기 전에 건넜던 강부터… 오두막까지의

길은 나오는 것 같지만, 우리가 가야 할 남쪽은 찢어져서 알아볼
수가 없어."

"애니, 혹시 챙겼던 지도 가방에 있어?"

애니는 빌의 말에 대답 대신 고개를 끄덕였다.

"나도 여행 지도는 받아왔는데, 이 숲이 그렇게 자세히 나와 있
진 않더라, 그냥 아무 정보도 없는 수준이지… 숲 이름도 나와 있
지 않고."

피터는 그렇게 말하고 벽난로 안의 타오르는 불 옆에 패딩과 젖
은 침낭을 펴서 대충 바닥에 널었다.

"어찌 됐건 우선 몸을 좀 말리자. 전부 체온이 많이 떨어졌어."

빌도 구석에 웅크리고 있는 애니의 패딩을 받아 옆에 널면서 말
했다. 텐트와 수건 등 모든 물건들을 꺼내 오두막 여기저기에 늘
어놓으니 자리가 부족한 느낌이 들었다.

빌은 계속 땔감으로 쓸 수 있게 책상과 의자를 잘게 부쉈다. 일
행은 벽난로를 마주보고 앉아서 불을 쬐었다. 몸을 둘러싸고 있던
한기가 고작 몇 분 만에 다 없어지는 것 같았다.

각각 식량을 어느 정도 가지고 있었지만 전부 젖었기 때문에 남

은 것은 젖은 바게트와 어제 먹고 남은 소시지 조금, 스튜를 몇 번 끓일 재료, 통조림 5개가 전부였다. 젖어서 물컹물컹해지기 직전의 빵을 먹었지만 못 먹을 정도는 아니었다. 애니가 대부분의 식량을 가지고 있었기 때문에 그녀의 가방을 잃어버린 것이 컸다.

아껴서 먹는다고 해도 이틀 정도 간신히 먹을 식량밖에 없었으므로 내일 기운을 차리는 대로 남쪽으로 내려가야 했다.

빌은 어서 애니를 데리고 숲 밖으로 나가고 싶었다. 여기 들어온 것만으로 애니가 눈에 띄게 불안해하는 것이 눈이 보였기 때문이다.

오두막 안에 있음에도, 오두막 천장을 때리는 빗소리와 새들의 울음소리는 아직까지 그들이 기분 나쁜 숲 안에 있다는 것을 느끼게 했다.

"피터, 휴대폰 배터리 아직 있어? 내 휴대폰은 아까 강에 빠졌을 때 물이 들어갔는지 먹통이야."

"소용없어 빌, 전파가 닿지 않아. 내가 오면서 켜봤는데 나무 꼭대기라도 올라가지 않는 이상 전파가 닿지 않을 거야."

빌의 피터에게 묻는 것을 보고 캐서린이 말했다.

"내 휴대폰도 마찬가지야…"

애니와 빌의 휴대폰은 물에 젖어 꺼져버렸고, 피터와 캐서린의 것은 아직 배터리가 있었지만, 전파가 닿지 않는 숲속에서는 없는 것과 다름없었다.

"…다니엘이 죽은 것도 경찰에 말해야 해, 내일 아침에 지대가 높은 곳에 올라가면 한 번 해보자… 제길…"

"다니엘… 죽은 걸까?"

"어쩌면, 우리처럼 나무에 걸려서 빠져나왔을 수도 있어. 확률은 낮지만…"

애니는 그가 물에 휩쓸려 간 것을 아직도 생각하고 있는 것 같았다. 피터도 아쉬운 듯 말했다.

"하류를 더 살펴볼걸 그랬나 싶어. 만약 다니엘이 중간에 어디 걸려 있었다면, 살릴 수 있었을 텐데."

다니엘의 이야기가 나오자 분위기는 무거워졌고, 화롯가에서 탁탁거리며 나무가 튀는 소리만 들렸다.

빌은 화롯가 옆에 있는 말리던 텐트를 반대로 뒤집었다. 애니와 캐서린은 멀찌감치 떨어져서 마른 여분의 옷으로 갈아입었다.

빌은 책상을 부숴 나온 나무 조각들을 보고 내일 아침까지 사용할 땔감이 될지 걱정을 했다.

"그건 그렇고, 이렇게 많은 새들은 갑자기 어디에서 나온 거야?"

"다니엘이 말했잖아, 핀란드 사람들은 새가 사람의 영혼을 거두어 간다고 믿었다고… 이 지역의 여행하는 사람들을 노리는 거야… 이 숲으로 들어오지 말았어야 해…"

"애니! 소름 끼치게 왜 그래! 그만 좀 해!"

애니는 조용히 앉아 있다가 갑자기 피터에게 말했고, 캐서린은 그녀가 하는 소리가 듣기 싫었는지 신경질적으로 소리쳤다.

"그냥 그렇다는 거야, 이쪽 사람들 그렇게 믿었다니까…"

"오 제발… 애니, 새가 사람을 죽게 하진 못해."

"내가 어렸을 때 엄마 아빠를 따라 갔었던 숲에서도 새가 엄청 많았어, 그렇게 많은 새를 본 건 난생 처음이었어. 그리고… 그렇게 많은 새가 죽은 걸 본 것도 처음이었고…"

"이걸 본 게 처음이 아니라는 거야?"

"그래… 저 새들을 보고 생각났어. 여기에 와선 안 되는 이유를 말이야… 엄마와 나는 도망쳐 나왔는데 그 때부터 저주에 걸린 거야. 결국 나는 다시 여기에 오게 된 거지… 여기 와선 안 됐어…"

"애니, 네가 오늘 너무 끔찍한 일을 많이 겪어서 그렇게 생각하게 된 거야, 그건 사실이 아니야."

"피터, 새가 앉아서 만든 나무 본 적 있어? 단 한 번이라도?"

"…그건 단순한 환각이야, 애니, 천장 위의 까만 점을 보면 뭐가 생각나는지 알아? 대부분 파리 같은 곤충을 생각해. 사람은 자기가 보고 싶은 걸 봐, 특히 공포심이 극에 달하면 그런 경향이 더 강해져. 우리는 죽어있는 새들이 널려있는 걸 봤어. 그리고 공포에 질린 거지. 그 나무에 새가 열 마리도 안 되었을지 누가 알아?"

피터와 애니는 점점 언성을 높이기 시작했고, 둘은 서로 삿대질을 하면서 소리를 질렀다. 빌은 지쳤는지 한숨을 쉬며 고개를 흔들었고, 캐서린은 그들의 싸움에 관심을 거둔 듯 모닥불만 쳐다보고 있었다.

그들의 싸움은 오늘 있었던 일만이 아니라 그 동안 쌓여온 과거와 맞물려 터진 것이었다. 피터는 지금껏 그녀가 말해온 말 같지도 않은 금기 때문에 제대로 된 여행을 가지 못한다고 생각하고 있었고, 애니는 자신의 말을 믿지 않는 그가 야속하기만 했다.

"우리 5명이 다 똑같은 것을 봤는데 헛것이라고?"

"애니… 집단적으로 환각을 보는 건 그렇게 드문 일이 아니야, 한 명이 공포 때문에 헛것을 보고 주변 사람들에게 인식시키면 집단적으로 환각을 볼 수도 있어, 그건 심리학적으로도 설명할 수 있는 거고, 저주 같은 게 아냐."

"우리가 숲으로 들어갈 때까지 수십 마리가 위를 날아다녔어, 이게 평범한 일이라고 생각해? 그리고 새들 시체는? 왜 그렇게 집단으로 죽은 건데? 새들 사체 자세히 봤어?"

"망할 놈의 상한 음식이라도 집단으로 먹었나보지! 아니면 단체로 지랄 같은 코카인이라도 빨았든가!"

"애니… 피터… 둘 다 진정해. 제발… 둘 다 흥분했어."

빌이 중간에 중재하려고 했지만 말싸움은 멈추지 않았다. 애니도 많이 흥분한 것 같았고, 피터도 점점 감정적으로 대응했다.

"저주는 없어, 우린 그냥 안 좋은 일이 벌어진 것뿐이야, 헛것이든 아니든 다 지난 일이라고!"

"지금 우리 위에 대롱대롱 매달려 있는 것들을 봐, 네가 겪은 게 아니어서 그러는 거야, 넌 하나도 몰라."

"뭘 내가 알아야 되는데? 너처럼 이 지랄 같은 것들이 나 때문이라고 하면서 자폐아처럼 질질 짜야 된다는 거야?"

"피터 그만해! 진정하라고! 애니도 지금 힘들어서 그래, 얼마나 숲을 무서워하는지 잘 알잖아… 됐어, 이제 그만해."

빌이 보다 못해 피터를 말렸고, 피터는 옷을 마저 갈아입고는 캐서린 옆에 누웠고 애니가 들으라는 듯이 말했다.

"내일 일어나자마자 남쪽으로 출발할 거야. 오두막 찾는 것 보다 훨씬 쉬울걸? 왜냐면 그냥 나침반 들고 남쪽으로 냅다 걷기만 하면 되니까 말야."

"그런 것보다 우리가 돌아가면 어떻게 설명할지 생각해 놔야 해, 다니엘이 죽은 걸 말야."

빌은 다니엘의 죽음을 경찰에 진술해야 한다는 것이 부담스러웠다. 강물에 쓸려갔다는 말을 하면 그들이 의심받을 수도 있다고 생각했다.

애니는 등을 보고 누워 있는 피터를 향해 계속해서 말을 했다. 그녀는 일기장을 손에 들었다.

"바닥에 일기장이 있었어. 여기 온 게 우리가 처음이 아냐, 여기 온 사람들도 새들을 피해 여기에 들어왔어."

"그때도 새들이 많았을 테니까, 당연히 숲으로 기어들어왔겠지."

빌은 그녀에게 일기장을 받아 대충 펼치며 살펴보았고, 종이가 색이 바래 있었지만 읽을 수는 있었다.

캐서린이 모닥불을 쳐다보다가 혼자 중얼거렸다.

"그런 일이 있었는데 아무도 신경을 안 썼단 말야?"

"아마 아무도 못 돌아가서 그런 수도 있지."

애니가 캐서린의 말에 대꾸했고 피터는 이제 포기한 듯 욕을 내

뱉었다.

“엿이나 먹어, 애니.”
“모두 다 여기에 이끌려 들어온 거야… 숲은 덫처럼 우리가 들어
오기를 기다리고 있었던 거고…”
“어찌 됐든, 우린 내일 날이 밝는 대로 여길 나갈 거야, 비가 그
치길 빌어야지.”

피터와 애니의 논쟁에 질린 빌은 애니의 말을 잘랐지만, 피터는
화가 가라앉지 않은 듯이 말했다.

“비가 그치지 않아도 난 나갈 거야, 개소리 들어주는 거 이제 진
절머리가 나니까, 이래서 너랑 같이 어디에 가기 싫었어.”
“피터! 제발… 적당히 좀 해!”

빌이 인상을 쓰고 피터를 제지했고, 피터는 거의 다 마른 텐트를
덮고 누웠다.

“침낭도 전부 젖었어, 두꺼워서 잘 마르지도 않고…”

캐서린이 침낭을 들춰보면서 말했고, 빌은 화롯가에 불이 있으니
괜찮다며 그녀를 안심시켰다.

캐서린은 침낭을 벽난로 가까이에 대고 더 말려 보다가 여전히 마르지 않자, 포기하고 피터와 같이 텐트를 덮고 누웠다.

"망할 새들은 언제 자는 거야?"

피터의 불평을 마지막으로 일행들은 고요해지지 않는 숲에서 빗소리와 새소리를 들으면서 잠을 청했다. 아직 다 마르지 않은 축축한 텐트를 덮었지만 몸이 조금은 따뜻해지는 것 같았다.

애니는 서서히 사그러지는 불길을 보면서 낡은 일기장을 꺼냈다.

일기장은 짙은 녹색 표지의 손바닥만한 크기였다. 아마 침낭을 피려고 자리를 살펴보지 않았으면 일기장이 있는지 몰랐을 것이다.

낡은 일기장에서는 오래된 책에서 나는 퀴퀴한 냄새가 났다. 몇 년이 지났는지 모를 일기장에는 드문드문 페이지가 떨어져 나갔으며 글씨가 번진 부분도 있었지만 읽을 수는 있는 부분도 있었다.

일기장의 앞부분에는 여행 일정과 산이 그려진 낙서가 있었다.

애니는 일기장을 휘리릭 빠르게 넘기다가 중간 정도의 페이지를 폈다.

2008.09.08.

우리는 비를 피하기 위해 오두막으로 들어왔다.

비는 그칠 기미를 보이지 않는다.

여러 숲을 가 봤지만 이런 곳은 본 적이 없다.

새 소리를 제외하면 풀벌레 소리조차 들리지 않으며, 기분 나쁜 토템이 흩어져 있다.

끔찍한 새 소리가 우리들의 정신을 갉아먹는 것 같다.

2008.09.10.

숙소로 돌아갈지, 아니면 코스로 돌아가 원래 가던 길을 갈지 상의했고 숲을 가로 질러 코스로 돌아가기로 했다.

쉼터에 있던 지형이 나온 지도를 챙겼다.

2008.09.11.

우리는 동쪽으로 향했지만, 사방이 절벽이었고 나가는 길을 찾을 수 없다.

우리는 갇혔다.

다들 지쳤고, 몇 년 지기 친구가 마치 다른 사람인 것 같다.

풀이 더 무성해지고, 나무들은 더 굵고 높아진 것 같은 느낌이 든다.

마치 우리들을 덮어버리려는 듯이.

애니는 화롯가 맨 오른쪽에서 불에 일기장을 비추면서 읽고 있었고, 캐서린과 피터는 고단했는지 금세 잠이 들었다.

빌은 장작이 충분한지 확인하고 마른 옷을 접어 배낭에 넣은 다음에야 애니 옆에 와서 누웠다.

"얼른 자… 내일도 많이 걸어야 할 텐데."
"그래야지… 빌… 지금 내가 하는 말 이상하게 생각하지 말고 잘
들어봐."

빌은 옆으로 돌아누워 애니 쪽을 바라보았고, 애니도 일기장을
구석으로 밀어놓고 망설이다가 말을 시작했다.

"자기야, 피터가 좀 이상한 것 같아."
"…어떻게 이상한데?"
"쉬쉬… 목소리 줄여, 빌."

빌은 고개를 돌려 피터와 캐서린이 자고 있는지 확인한 후 다시
애니를 바라보았다.

"피터가 왜 다리를 절게 됐는지 알아?"
"어렸을 때 사고가 나서 그랬다는 것만 알아, 갑자기 그 얘긴
왜?"
"빌, 그는 15살 생일 때 선물로 받은 오토바이를 타고 나가서
그렇게 된 거야."

애니는 말을 하려다 잠시 망설이고 나서 빌과 눈을 마주치고 말했다.

"그게 중요한 게 아냐, 그 때 다친 다리는 오른쪽 다리였다는 거지… 그 때부터 지금까지 항상 오른쪽이었어, 맨날 발에도 왼발잡이와 오른발잡이가 있다면서 자기는 왼발잡이라서 괜찮다는 말을 했고,"

"애니… 지금 하고 싶은 얘기가 뭐야?"

"여기까지 오면서 봤어, 왼쪽 발을 저는 걸… 나도 처음에는 내가 착각했거나 잘못 봤다고 생각했어… 그런데… 아니었어."

"…지금 말하는 거 진심이야?"

"빌! 지금 진지해! 내가 지금 겁주려고 장난하는 것처럼 보여?"

"설마… 다니엘이 말했던 걸 진지하게 받아들인 거 아니지? 그냥 우리를 겁주려고 한 말이야… 자기가 피곤해서 그래…"

"내 말… 믿지 않는구나."

"애니! 그런 게 아냐, 그냥 오늘 너무 이상한 일도 많이 겪고 힘들어서 우리가 올바른 판단을 하지 못하게 됐다는 거야."

빌이 그렇게 말하자 애니는 뒤돌아 누웠고, 빌은 천천히 그녀에게 다가가서 어깨를 감싸고 누웠다.

애니는 작은 소리로 그에게 말했다.

"내가 이상한 소리하는 데에 질린 거지?"

"애니… 지금 그냥 피곤한 거야, 지금 이런 말을 하는 것도, 다니엘이 말해준 말도 안 되는 이야기나, 누군가 써놓은 소설일 지도 모르는 일기장을 봐서 그런 거야, 색만 비슷하고 엉망진창인 맞지도 않는 퍼즐들을 억지로 맞춰 놓은 거야, 내일이면 여기서 나갈 거고… 걱정 마."

빌은 힘주어 그녀를 안아주었다.

애니는 평소에는 아무렇지도 않지만, 숲에만 가만 다른 사람처럼 변했다. 빌은 그녀가 안쓰러웠다.

그리고 여기서 나가 다시는 숲에 한 발짝도 디디지 않게 하는 것이 그녀를 위한 것이라고 생각했다.

애니는 시끄러운 빗소리와 새소리 속에서도 빌의 따뜻함 때문인지, 조금씩 눈이 감겼다.

비가 오는 숲에서 나는 엄마의 뒤를 따라가고 있었다.

비가 나뭇잎을 때리고 나뭇잎에서 흘러내리는 빗방울이 또 우리 위로 떨어졌다.

나는 앞서가던 가이드와 눈이 마주쳤다.

그는 몸을 돌려 뒤를 돌아보지 않았다.

그의 얼굴만이 돌아가 무표정으로 나를 보고 있었다.

애니는 식은땀을 흘리면서 잠에서 깨어났다. 그녀의 온몸이 축축하게 젖어 있었다. 마치 비 오는 숲을 헤매인 것처럼.

먼저 깨서 텐트를 정리하고 있던 빌은 그녀를 걱정스럽게 바라보았다. 아침에 되었어도 오두막에는 창문이 하나밖에 없어서 빛이 그리 잘 들어오지 않았다. 빛이 들어와 천장에 매달린 새들의 사체가 더 잘 보였기 때문에 그들은 위로 시선을 올리지 않으려 했다.

아침이 되어 빛이 들어오자 오두막의 모든 벽에는 기분 나쁜 문양이 새겨져 있다는 것을 알았다.

세모난 모양이 교차하는 것과 새를 그려 놓은 것과 같은 모양들이 새겨져 있었다.

"이런 지랄맞은 곳에서 잘도 잤네."

"애니… 어서 가자, 아침은 나가서 먹자."

피터는 짜증을 내고 욕을 하며 침낭을 가방에 쑤셔 넣었고, 밖에 비가 오지 않는 것을 확인한 그는 문을 벌컥 열려고 문 손잡이를 돌렸다.

그러나 문은 꼼짝도 하지 않았고, 급히 문을 열던 피터는 문에 이마를 부딪혔다. 피터는 이마를 잡고 고개를 숙였다. 캐서린이 상

처가 났나 보자고 했고, 피터는 한 동안 이마를 문지른 다음에야
그녀에게 보여주었다.

문은 단단히 막혀 있는 것 같진 않았다. 애니를 제외한 세 명이
힘을 합쳐 밀어 끙끙거리며 문을 천천히 열었다. 문이 반쯤 열리
자 '쿵'하는 소리와 함께 밖에 무언가가 쓰러지는 소리가 들렸다.

그들은 천천히 문 밖으로 나와 문의 뒤를 확인했다.

다니엘이 문이 열리면서 옆으로 누워 쓰러져 있었다.

다니엘이 오두막 문에 기대어 반쯤 누워 있었던 것이다.

"시팔… 어떻게 된 거야?"

"아직 맥박이 뛰어… 안으로 옮겨야겠어."

제일 먼저 문 밖으로 나간 피터는 허둥대면서 다시 오두막 안으
로 들어왔다. 캐서린이 그가 다니엘이라는 것을 알아채고 나가서
그의 목에 손을 대었다.

"살아있어?"

"몸이 차가워, 맥박도 약하고. 모닥불을 다시 살려야겠어."

빌의 물음에 캐서린은 걱정스러운 듯이 말했다.

그들은 다니엘을 오두막으로 들여보내면서 숲의 나무에도 기분
나쁜 문양이 새겨져 있다는 것을 알았다. 또한 새 모양 토템이 드

문드문 나무들 사이에서 그들을 노려보는 것 같았다.

다니엘은 들고 다니던 지팡이가 한 쪽만 있었고 패딩이 여기저기 찢어져 있었다. 쓰고 다니던 모자는 찾아볼 수 없었으며 바지와 신발에는 진흙이 묻어 있었다.

애니가 눈을 감고 누워 있는 그를 보면서 중얼거렸다.

"살 수 있을까?"

"언제부터 오두막 밖에 있던 걸까? 문이라도 두드렸으면 그를 바로 발견했을 텐데."

"빌, 아마도 그는 그럴 힘도 남아 있지 않았던 거 아닐까 싶어…"

애니는 어제 모두 잠들어 그가 문을 두드리는 것을 못 들어서 자신들이 정말 다니엘을 이렇게 만든 것이라는 생각이 들었다.

"다니엘이 깨면 다 같이 이동하는 게 나은 것 같아?"

"기다리자고? 언제 일어날 줄 알고 기다려? 갈 길이 바쁜데 언제 일어나는걸 보고 앉아있어?"

"그렇다고, 그를 여기에 내버려 두고 갈 수는 없어, 돌봐주지 않는다면 죽을지도 몰라."

"젠장! 어떻게 살아남은 거야? 코끼리도 몇 초면 집어삼킬만한 강물이었어! 게다가… 비 오는 밤에 밖에서 보냈는데도…"

피터는 당장이라도 출발하고 싶었지만 빌이 반대했고, 그의 말대로 그를 두고 간다면 자신들이 그를 죽이는 꼴이었다.

"지금 우리 식량이 어느 정도 남았어?"

"내 배낭에… 이틀 정도 먹을 빵이랑, 피터가 가지고 온 소시지는 다행히 물에 젖지 않았고, 통조림 5개에 스튜가루 조금, 한 2일 정도는 먹을 수 있을 거야, 다니엘까지 포함해서 말야."

"나도 간단한 비스킷 정도는 있어. 그럼 이 사람이 깨어날 때까지 기다려보자. 듣고 싶은 얘기도 많으니까, 여기에서 빠져나간 다음 숙소로 돌아갈 만한 식량도 충분하고…"

빌은 식량을 배낭에 넣고 있는 캐서린에게 말했다. 그녀는 어제 정확하게 식량 상태를 다 파악해놓은 것 같았다.

"생각해보면, 이런 기분 나쁜 장소로 온 게 이 사람 때문이잖아, 이상한 사람일지도 몰라, 숲으로 유인해서 사람들을 살해하고… 이 오두막도 그가 살고 있던 집일 수도 있고"

"우리 모두 새들 때문에 다들 당황했고, 다니엘도 두려워하는 표정이었어. 그리고 새들 수십 마리를 죽여서 텐트에 뿌리는 건 혼자 할 수 있는 게 아냐."

애니도 그를 두고 가는 것이 탐탁지 않은 듯 피터의 말에 대꾸
했다.

"뭐 그건 할 수 없었다고 쳐도 이상하다고, 분명 여행자 쉼터라
고 했는데 여긴 거의 5년은 관리가 안 되고 있는 것 같아, 오늘
길에 기분 나쁜 토템이나 있고, 좆같단 말야, 오늘 바로 남쪽으로
이동하려 했는데… 시팔…"

피터는 계속해서 그가 수상하다며 길을 재촉하는 것을 주장했지
만, 애니와 빌은 그가 깨기를 기다리는 걸 바라는 것 같았다.

"여행하다 헤매는 사람이 많다느니 이딴 소리 할 때부터 수상했
어, 이 새끼가 우리를 여기로 몰아넣은 거야, 그런데 어쩌다 중간
에 사고를 당한 거고."
"아직 모르는 거잖아, 이대로 가면 사람 죽을 거야."
"그럼… 오두막 안에 불 피워서 따뜻하게 해 주자, 그게 우리가
할 수 있는 최선인 것 같아… 이제 나도 좀 무서워… 만약에 이
사람이 우리를 이 쪽으로 유도한 거고, 그렇다면 우리한테 무슨
짓을 할지 모르는 거잖아."

빌과 피터가 다니엘을 어떻게 할지 말하고 있는 중에 캐서린도
그 사람이 무섭다는 말을 했다.

빌은 잠시 생각하다가 피터에게 말했다.

"알았어, 그럼… 오두막에 몸을 녹일 수 있게만 해 주자. 우리가 간호해 준다고 해도 이 오두막에서 뭘 해줄 수 있는 것도 아니고, 게다가 우리보다 지형도 더 잘 알고 있는데, 알아서 잘 빠져 나오겠지. 만약 정신병자 살인마라고 해도 그가 일어났을 때는 우리가 여기서 나갔을 테고… 그게 최선인 것 같아."

그 순간 숲 깊은 곳에서 싸늘한 바람이 불어와 그들을 스쳐 지나갔다. 마치 그들의 대화를 듣고 있었던 것처럼 빼곡한 수풀을 지나, 나무들 사이를 지나 그들에게 불어왔다.

"저 토템들… 늘어난 것 같아…"
"재수없어."

캐서린은 애니에게 한 말인지, 토템을 보고 한 말인지는 모르겠지만 한 마디 툭 내뱉고는 배낭을 매고 길을 떠날 준비를 했다.
빌과 피터는 둘이 다니엘의 몸을 들어 화롯가 주변으로 옮겼다.

"우리가 할 수 있는 건 다 했어."
"여기서 이 사람이 죽으면 우리가 죽이는 게 되는 거 아니야?"
"빌, 괜찮아, 우리가 빨리 나가서 구조대를 부를 거고, 위험한 사람인지도 모르니까 이게 최선이야."

"…그래."

빌은 마지막까지 그를 데려가지 않는 게 아쉬운 듯했지만 피터는
아무렇지도 않은 듯 말하고 걸음을 옮겼다.

"이렇게 떠들 시간 없어. 그럼 빨리 출발하자."

애니는 갈등하는 빌의 손을 조용히 잡아주었고, 빌의 나침반을
받은 피터가 앞장서서 움직이기 시작했다.

"강물을 건널 때, 강물로 우릴 밀어버릴 수도 있었다는 생각하
면… 좀 무섭다."

피터가 다니엘이 무섭다는 말을 했지만, 빌은 정말 그가 우리를
기분 나쁜 숲에 밀어 넣고 살해하려 한 건지 의문이 들었다. 다음
부터 가이드를 쓰는 것은 꺼림칙할 것이라는 생각이 들었다. 아니,
다음 여행 자체를 기약할 수 있을지 의문이었다.

빌은 자신의 앞에서 서툴게 숲을 헤쳐나가는 애니의 뒷모습을 보
았다. 크고 무거운 가방을 매고 있지 않으니 걷는 것만큼은 어제
보다 편할 것이라고 긍정적으로 생각했다. 그녀의 삶에 아마 다시
숲으로 떠나는 여행은 없을지도 모른다니 기분이 착잡했다. 좋은

추억을 쌓게 해주려고 선뜻 일정을 잡은 건데 다 망쳐버렸다.

피터가 일행의 맨 앞에 걷고, 그 다음 캐서린이 피터의 가방을 잡고 장난을 치면서 걸었으며 그 뒤로 애니와 빌이 따라왔다. 애니는 간간히 쉴 때마다 일기장을 읽었으며, 빌도 그녀가 일기장을 읽는 모습을 바라보았다. 빌은 그녀가 일기장을 읽는 것이 탐탁지 않았다. 자꾸만 그녀의 정신을 숲의 깊은 곳으로 끌고 들어가는 것 같았다.

어제 그들을 떨게 했던 공포의 숲은 낮이 되자 아무 일도 없었던 것처럼 조용했다.

아무리 추워질 날씨이라고 해도 풀벌레 소리 하나 들리지 않고 기분나쁜 새 소리만 들려왔다.

누군가를 부르는 듯 사력을 다해 울고 있는 새들과 사방에 떨어져 있는 깃털들, 그리고 숲에서 자신을 쳐다보는 것 같은 토템들이 아직까지 여기서 벗어나지 못했다는 사실을 알려주었다.

"잘 가고 있는 거지, 피터?"

"이제 숲의 경계가 보일 때가 됐는데… 이 숲은 그렇게 큰 숲이 아니야. 한 방향으로 2~3시간 남짓만 걸으면 경계가 보이게 되어 있어."

피터는 캐서린의 물음에 자신이 가지고 온 여행지도를 꺼내 보더니 걱정할 것 없다며 답했다.

어제 비에 젖어 채 마르지 않은 신발은 걸을 때마다 물을 뱉었고, 햇볕이 쨍쨍하지도 않았기 때문에 내일은 되어야 마를 것 같았다. 슬슬 다리가 아파왔다. 그리 빠른 속도로 걷고 있지 않은데도 숨이 차올랐다.

그렇게 4시간을 쉬지 않고 이동한 그들을 가로막은 것은 10미터 정도 되는 절벽이었다.

절벽은 양 옆으로 끝없이 이어져 있었으며, 골짜기 위에는 그들을 노려보는 것 같은 새 모양 토템이 날개를 펴고 숲을 내려다보고 있었다.

"젠장할…"

피터는 흥분해서 절벽을 발로 연신 차 대었고 애니는 바로 절벽 바로 밑에 주저앉았다. 캐서린도 팔짱을 끼고 한숨을 쉬었고, 빌은 애니의 옆에 가서 앉았다. 남쪽으로만 가면 바로 이 숲에서 나갈 수 있을 줄 알았는데, 그들을 막고 있는 절벽을 보면서 허탈감밖에 들지 않았다.

절벽은 5미터 정도 되어 보였고 울퉁불퉁한 바위들이 많아서 어떻게든 올라갈 수 있을 것 같아 보였지만, 바위들이 젖어있어 미끄러워 보였다.

바위들 틈에도 나무들이 자라고 있었고, 축축한 나무 위에 자라는 독버섯처럼 나무들이 바위를 빨아먹고 솟아 있는 듯했다.

72

시계는 오후 3시를 가리키고 있었지만, 나무로 가려진 하늘은 햇빛이 조금이나마 비출 기미조차 보이지 않았다.

나무 사이로 보이는 하늘도 잿빛으로 언제 비가 쏟아질지 모르는 하늘이었다.

"우린 좀 쉬어야 해… 정신없이 산길을 걸어왔어. 날도 어둡고… 절벽에 붙어서 자리를 피자. 절벽 위가 약간 돌출되어 있어서 비가 와도 어느 정도는 막아줄 거야."

그들은 빌의 말에 따라 절벽에 붙어서 짐을 풀었다.

빌은 주변에서 마른 나뭇가지와 죽은 나무를 찾아와 불을 붙였다.

빌은 불을 붙이면서 까마득한 절벽 위를 올라다보았다.

애니는 텐트 안에 쪼그리고 누웠고, 캐서린은 가방을 뒤져 소시지와 빵 조금을 꺼냈다. 빌과 피터는 조금 떨어진 벽 근처에서 담뱃불을 붙였다.

얼마 지나지 않아 날은 어두워졌고, 적막한 어둠이 깔렸다. 새소리가 점점 더 공포스럽게 변해가고 있었다. 피터와 빌의 귀에 캐서린이 발에 물집이 잡혔다고 하는 말이 멀찌감치 들렸다.

"피터, 내 생각인데, 오두막에서 본 지도 있잖아, 우리가 건너온 개울부터 오두막까지의 길이 나와 있고 숲의 반 정도가 나와 있던 거 말이야… 찢어진 부분을 제외하고 타원형 모양이었어."

"그게… 무슨 의미야?"

"내 생각인데, 이 숲… 절벽에 둘러싸여 있는 것 같아, 예를 들어 물컵 같은 거지, 컵이 절벽이고 물컵 안에 든 물이 숲인 거야, 덫처럼 둥근 모양 숲에 갇혀 있는 거지"

"빌, 너까지 왜 그래? 난 그런 말 듣기 싫어."

"피터, 내가 하고 싶은 말은 그게 아냐. 아무리 우리가 골짜기를 쳐 돌아간다 해도 계속 물컵 안을 빙빙 돌 거란 거지."

"……"

"올라가야 돼. 텐트 치고, 날이 저물기 전에 내가 올라가 봐야겠어. 그래서 다른 데로 가지는 말을 안 한 거야… 섣불리 움직였다가 더 헤매게 될 수도 있고."

"빌, 너 운동신경 좋은 거 알아, 그래도 장비 없이 절벽을 오르는 건 너무 위험해. 아직 골짜기를 따라 가 보지도 못했고, 이 숲이 둥근 모양이란 건 네 생각일 뿐이잖아, 30분만 걸으면 절벽을 돌아 올라가는 길이 나올 수도 있어."

"피터, 우리 모두 지쳤어, 우리 둘이면 지금 당장 숲의 반대편에 가도 그렇게 많이 지치지 않을 거야, 근데 애나나 캐서린은 달라, 내일이나 내일 모레까지 무리하게 걷게 되면 지쳐서 움직이지 못할 거야. 내가 무슨 말하는지 알잖아, 누군가 빨리 여기서 탈출해서 구조대를 데려와야 해."

진지한 표정으로 말하는 그를 보면서 피터는 고개를 끄덕였다.

"내가 올라가면 애니랑 캐서린하고 여기에 있어. 다른 데 가지 말고… 지도가 있다고 해도 숲을 돌아다니는 건 위험해."

피터는 빌의 어깨에 손을 올렸고 미안한 표정을 지었다.
둘은 담배를 꺼서 던져버리고 애니와 캐서린이 있는 곳으로 발걸음을 옮겼다.
빌은 피터의 다리를 아까부터 유심히 보고 있었고 애니의 말대로 그가 왼쪽 발을 저는 것을 알았다.
남은 식량도 별로 없었기 때문에 그들은 남은 소시지와 빵을 조금 먹고 텐트 안으로 들어갔다. 텐트와 야영용품은 빌의 가방 안에 있었기 때문에 텐트 두 동을 문제없이 칠 수 있었다.
처음과 달리 텐트 밑바닥은 진흙이 묻어 더러웠다. 어제 오두막의 모닥불에서 말렸음에도 불구하고 완전히 마르지 않아 축축했다. 피터는 불평을 하면서 들어갔고 빌은 새소리가 들리는 어두운 숲속을 한 번 둘러보고는 텐트 문을 닫고 들어왔다.

"빌… 나도 아빠처럼 여기서 죽을 거라는 생각이 들어… 오지 말았어야 했는데."
"애니, 그런 말 하지 마. 우린 곧 나갈 거야. 여긴 숙소와 하루 정도 밖에 떨어지지 않은 곳이야… 숲을 나가 조금만 더 걸으면 숙소가 있을 거고, 아무 일 없던 것처럼 집에 갈 수 있을 거야."

빌은 애니가 모닥불에 더 가까운 자리로 가게 자리를 바꿔 주었
고, 어렵게 절벽에 올라간다는 말을 꺼냈다.

"해가 지기 전에… 절벽에 올라가서 구조대를 불러올게."
"빌! 정말 올라갈 거 아니지? 비가 와서 돌도 미끄럽고, 등반해
본 적도 없잖아."

애니는 그가 절벽을 올라 밖에 나간다는 말을 하자마자 누워 있
는 상태에서 뒤를 돌아 그를 쳐다보았다.

"너마저 죽게 만들 수는 없어, 힘이 남아 있을 때 위로 올라가야
해… 여기서 최대한 식량을 아끼면 2일 정도는 버틸 수 있을 거
야."
"빌… 피터의 다리는 확인해 봤어?"
"응, 왼쪽 다리를 절더라."
"내 기억으로는 확실히 오른쪽을 절었어."
"제길… 확실한 거야?"
"그리고 그것뿐만이 아니야, 그 사람한테서 나오는 특유의 분위
기 같은 게 있잖아… 여기에 오고 나서 뭔가 달라, 내가 안 본 사
이에 조금씩 달라져서 다시 만났을 땐 그 사람이 아니라는 느낌을

받는 몇 년 동안 안 본 친구같이…"

"…뭘 믿어야 할지 모르겠어, 숲에 와서 나도 점점 미쳐가는 건지…"

"빌, 다른 건 모르겠지만 절대 피터한테 길을 찾게 하지 마, 솔직히 피터가 내가 알던 피터인지 아닌지는 잘 모르겠어, 내가 잘못 기억할 수도 있는 거고, 그렇지만 그가 가자는 대로 가면 안돼. 다니엘이 말했던 거 들었지? 길을 헤매게 만들 거라고."

"애니, 내가 봤을 때는 그냥 피터였어, 다를 게 없다고."

"빌… 날 두고 가지 말아줘… 자기가 올라가면 날 더 깊은 숲으로 끌고 들어갈 거야."

"애니, 2일 정도만 여기서 버티면 내가 구조대와 같이 올 거야. 2일도 아니야, 차를 끌고 올 테니까. 1일하고 반나절 정도면 도착할 거야, 사이가 안 좋은 건 알지만 피터를 못 믿겠으면 캐서린하고라도 같이 있어."

"사실은… 그녀도 좀 이상해"

"캐서린은 왜?"

"그녀가 항상 빨간 매니큐어를 칠한다는 것 알지…?"

애니가 거기까지 말했을 때 빌은 몸에 소름이 돋았다. 그녀 주변에 가면 새빨간 매니큐어에 시선이 쏠렸다. 그렇지만 오두막에 오고 나서는 한 번도 그녀의 손톱에 눈길이 간 적이 없었다.

"빌… 우리를 더 깊은 곳으로 끌고 가고 있는 거야, 일부러 숲을 빙빙 도는 것 같아, 여기에 올 때도 빙빙 돌아 온 것 같은 느낌이 들어."

"……"

"어찌 됐든 난 저 둘하고 같이 못 있겠어… 빌, 나를 두고 올라 가지 마… 부탁이야."

빌은 누워있는 상태로 애니의 머리를 감싸고 안아주었다. 애니의 말이 사실이든 사실이 아니든 그녀는 공포에 떨고 있었고, 그런 그녀를 두고 갈 수는 없었다.

골짜기를 따라 흐르는 바람과 고막을 찢는 새 소리는 텐트를 훑고 지나갔다. 어두운 숲속 나뭇가지에 앉아 새들이 그들을 지켜보고 있는 것 같았다. 구름이 하늘을 가리고 있어서 숲 안에는 달이 뜨지 않는 것처럼 느껴졌다. 또한 보이지 않는 어둠에서 새 토템들이 눈을 부라리고 그들을 훑는 것 같았다.

새소리를 제외하면 아무런 소리도 들리지 않을 것 같던 야영지에 큰 소리가 울려 퍼졌다.

"개새끼야, 엎드려 시팔 개새끼들! 다 죽여버리겠어!"

"빌, 도망가!"

피터의 소리를 듣고 텐트 문을 급히 열고 나온 빌의 눈에 보인 건 피터와 캐서린에게 총을 겨누고 있는 다니엘이었다.

빌은 한 손으로 애니가 텐트에서 나오지 못하게 손짓하고는 조심스럽게 다니엘을 불렀다. 다니엘은 아랑곳 하지 않고 엎드린 피터의 옆구리를 걷어찼다. 퍼억 소리를 내며 피터가 배를 잡고 몸을 웅크렸고 캐서린은 주저앉아서 소리를 질렀다.

빌은 천천히 텐트에서 나와 두 손을 보여주며 다니엘을 진정시켰다.

"움직이지 마, 손가락 하나라도 까딱하면 요단강에 처박아주지!"

다니엘은 오두막에 있던 산탄총을 캐서린과 피터에게 번갈아 겨누며 소리를 질렀다. 빌은 오두막에 있는 총을 치워버렸어야 했다는 생각을 했지만 이미 늦었다.

"다니엘… 진정해요!"
"너도 거기서 나와 서, 허튼 개수작 부릴 생각 하지 마!"

캐서린과 피터는 절벽에 붙어 나란히 엎드렸고, 빌은 그가 하라는 대로 뒤돌아섰다. 다니엘의 눈에는 광기가 어렸고 그의 수염은 그가 흥분해서 소리칠 때마다 흔들렸다.

다행히 텐트에 숨어있는 애니까지 나오게 하지는 않았다. 새들도 그의 소리에 놀랐는지 사방에서 푸드덕대며 날아가는 소리가 들렸다.

다니엘은 총을 겨누고 숨을 헐떡이며 말했다.

"이 새끼들… 강물에 나랑 같이 미끄러졌어… 내가 무슨 말하는지 알아?"

"콜록콜록… 빌, 애니를 데리고 도망쳐, 이 사람은 미쳤어!"

"닥쳐!"

"다니엘, 무슨 생각하는지는 모르겠지만 총 치우고 말로 해요."

빌은 다니엘을 진정시키려고 필사적으로 말을 걸었다. 등 뒤에는 식은땀이 흘렀다. 모닥불이 타는 소리 외에 그들의 거친 숨소리와 기침소리만이 들렸다.

"내가 똑똑히 봤네. 흔들다리의 마지막 말뚝이 빠지고 지반이 무너져 강물로 곤두박질쳤을 때, 저기에 있는 저들과 나까지 세 명이 떨어졌어. 그리고 강물에 빨려 들어가듯 삼켜졌단 말이야. 그리고 내가 강물이 날 끌고 들어갈 때 마지막으로 본 게 뭔지 아나? 갑자기 자네들이 걸린 나무 옆에 저 둘이 나타났네…"

"다 개소리야… 그 강물에 빠지는 순간에 그렇게 자세히 봤다는 게 말이 돼? 거의 흔들다리 정도의 수위까지 올라와 휩싸이는데, 볼 새가 있어?"

"내가 물에 떨어져 잠기기 전에 분명히 보았어, 분명 옆에서 허우적거리고 있어야 할 사람이 땅 위에서 걷는 걸… 그 강물에 휩쓸려 멀어져 갈 때 보였다고. 자네가 쓸려가고 난 이후에 바로 이들이 구해주러 오지 않았나?"

"……"

"빌, 정신 차려! 내가 나무에 걸려 있는 걸 구해줬다고, 내 손잡고 올라왔잖아!"

"그건 자네들이 숲을 헤매다 죽게 하고 싶어서야, 영혼마저 숲에 서서 헤매이게 하려고."

"빌… 이 사람 단단히 미쳤어."

빌 자신조차 불어난 강물에 정신없이 떠내려가 나무에 걸렸기 때문에 누구를 말이 맞는지 판단 할 수 없었다.

그는 혼란스러웠고 다니엘과 피터를 번갈아 보았다.

마치 다리를 건넌 후에, 현실과는 동떨어진 일이 벌어지고 있는 것처럼 느껴졌다.

"날 믿게! 자네를 헤매게 하려는 거야, 저들이 물에 휩싸이는 걸 내 눈으로 봤다니까!"

빌은 애니가 말한 피터와 캐서린이 이상하다는 말이 머릿속을 맴돌았다. 숲에서 그들을 헤매이게 하려는 무언가가 그들을 흉내냈다는 것을 인정하게 되면 지금 눈앞에 있는 이들은 산 사람이 아니었다.

빌은 갑자기 자신을 쳐다보고 있는 피터와 캐서린에게서 두려움이 느꼈다. 그렇지만 우선 다니엘을 진정시키는 것이 우선이었다.

"다니엘… 제발 진정해요, 우리 다 지쳤어요, 숲에서 헤매서 다들 정신이 나간 거라구요, 일단 총 내려요."

"좆 까는 소리 하지 마! 저 새끼들 등에 구멍을 내버리겠어! 어디 한번 죽나 보자, 이 마귀새끼들아!"

다니엘은 총부리를 피터와 캐서린 쪽으로 향하고 소리쳤다.

"다니엘! 염병할, 진정해요!"

"빌! 여기까지 누가 앞장서서 왔지?"

"……"

"말해!"

"피터죠."

"그래 이 악마새끼를 따라 막다른 곳에 왔잖아, 일부러 길을 잃게 만들려는 거야, 너희가 다 굶어 죽을 때까지! 빌! 당장 이들하고 멀어져야 돼!"

"알았어요, 다니엘, 알았으니까 내 말 들어봐요, 피터도 이곳에 처음 와요, 당연히 절벽이 있는 걸 몰랐겠죠, 게다가 피터와 캐서린은 우릴 구해줬어요. 죽이려면 나무에 걸린 우리를 본체도 안 했겠죠."

"……"

"다니엘… 전 당신이 옳다고 생각하지만, 정신이 없어서 잘 못 봤을 수도 있잖아요. 확실히 둘이 떨어져서 강물로 쓸려가는 걸 봤어요?"

다니엘은 흥분한 듯 숨을 몰아쉬다가 확신이 없는 듯 피터와 빌을 번갈아 보았다.

그리고 흥분이 가라앉은 듯 서서히 피터와 캐서린의 등에 겨누고 있던 총의 총구를 땅바닥으로 내렸다.

그리고 무릎을 꿇으며 털썩 주저앉았다.

"…내가 사람을 죽일 뻔했어… 분명… 보았는데…"

"다니엘, 괜찮아요. 일단 모닥불에 몸 좀 녹여요."

"정신병자같은 새끼!"

빌이 그에게서 총을 건네받아 텐트에 넣어두자 피터는 그를 쳐다보고 욕을 하면서 텐트로 들어갔다. 캐서린도 다니엘을 보고 뭐라고 말하려는 듯했지만, 빌이 그녀를 보고 고개를 흔들자 피터를 따라 텐트로 들어갔다.

다니엘의 옷에는 여전히 진흙이 범벅이었다. 그는 고개를 푹 숙이고 총을 옆에 내려놓았다. 빌은 텐트로 돌아가 애니를 안심시키고, 가방에서 비스킷과 물을 가지고 와서 모닥불 주변에 주저앉았다.

새들은 이들의 행동이 재밌기라도 하듯 나무 위에서 그들을 쳐다보고 있었다.

"다니엘, 아까 떠 놓은 물이에요."

다니엘은 정신적으로 불안정한 상태인 것 같았다. 자신도 방금까지 그의 말을 듣고 피터와 캐서린을 의심한 것을 반성했다.

다니엘은 허망한 표정으로 그가 준 물을 전부 들이켰고 비스킷을 허겁지겁 먹었다.

그는 빌에게 감사 인사를 하고 모닥불을 쳐다보며 입을 떼었다.

"…같이 일하던 조나단이라는 고향 친구가 있었네… 어느 날부터 갑자기 보이질 않았네, 알고 보니 실종 상태였던 거야… 그게 참 이상한 게, 그 친구와 거의 20년을 여기에서 일했네. 이 지역 숲은 다 꿰고 있고, 가도 되는 곳과 가면 안 되는 곳도… 그런데 어느 날 갑자기 없어져 버린 거지…"

"찾아봤나요? 그 친구?"

"여긴 넓다네… 그리고 이쪽 지리를 훤히 알고 있는 그 친구가 길을 잃은 거면, 어디선가 사고를 당했다고 생각했네, 경찰도 더 이상의 수색은 무리라고 생각했고… 지금까지 개인적으로 찾아다니고 있었네. 여긴 가면 안 되는 곳이 있어. 분명 그런 곳에서 생을 마감한 거겠지. 나도 새들에게 홀려 산에서 길을 잃다가 그렇게 될까 두렵네."

조금 있다가 피터가 밖으로 나왔고 다니엘은 미안한 듯이 시선을 피했다. 모닥불을 쬐고 있는 다니엘에게 피터가 물었다.

"왜 여기로 데려왔어요? 그냥 비를 맞고 돌아갈 수도 있었잖아요"

"자네도 봤지 않은가? 그 많은 새들… 우리는 들판에서 숙소로 가는 길을 찾지 못했을 거네. 버티면서 기다려야 했어. 새들이 놓아줄 때까지…"

"그딴 소리 듣기 싫어요. 이 숲의 지리 알고 있죠?"

"…하루 정도 절벽을 따라가면 골짜기를 빠져나가는 길이 나올 거네. 그렇지만 너무 나무가 빽빽해서 헤쳐 나가기 쉽지 않을 거야. 강물 위에 있던 다리가 끊어진 이상 나가는 유일한 길일 거네… 절벽을 오르지 않는 이상 말야. 내가 안내해 주겠네… 내일 저녁때가 조금 지나면 숲을 빠져나갈 수 있을 거야."

피터는 믿지 못한다는 눈초리로 그를 보면서 캐물었다.

"그러니까 이쪽 길로 가본 적은 있는 거죠?"

"골짜기에 연결된 다리를 통하지 않고 여기서 나가는 건 처음일 세… 뒤쪽 절벽을 돌아 내려가면 길이 있다고 들었네, 지금으로선 유일한 길이야."

"그러니까 가보지도 않은 길을 믿고 따라오라는 거예요? 배때기에 총 맞을 뻔했는데 뭘 믿고?"

"내가 총을 들고 위협했으니 그러는 것도 이해하네… 그래도 숲에서 길 찾는 일을 20년 동안 했어… 자네보단 나을 거네."

다니엘은 빌과 조금 더 대화를 나누고는 고단했는지 절벽 쪽에 기대서 잠을 청했다.

빌은 애니가 텐트 안에서 방금 전 일로 떨고 있을 것이라고 생각해서 텐트에 들어가려 했지만, 피터가 손에 담배를 쥐어주었고 그를 따라갔다.

"빌, 저 오락가락하는 사람을 따라갈 건 아니지? 직접 가본 것도 아니라잖아."

"어떻게 해야 할지 모르겠어… 나도 못미덥지만 우리가 직접 길을 찾는 것보다 낫지 않겠어?"

"젠장할… 빌, 잘 생각해봐. 우리를 여기까지 들어오게 한 게 누구였지? 게다가 그 집채만한 강물에서 살아남아 다음날까지 오두막을 찾아와 쓰러져 있었다고 해도 그 추운 날씨를 버텨냈다는 건 말이 안 돼, 만약 숲을 헤매게 하는 악마가 있다면 바로 저 사람이야."

"피터, 진정해. 너답지 않게 왜 그래?"

피터는 잔뜩 흥분해서 빌의 가슴팍에 손가락을 대고 소리쳤다.

"빌, 잘 들어, 우리가 오두막에서 여기로 왔을 때 이렇게 빨리 찾아온 것도, 여기에 누군가 있고, 새들을 죽여 찢은 새끼랑 저 새끼가 한패라는 걸 말해주는 거야."

"피터… 길을 잃게 하는 귀신 따위는 없어, 너답지 않게 왜 그래. 다니엘은 20년 가이드 생활한 사람이야, 오두막 위치도 처음부터 아는 것 같았고, 그도 강물에 쓸려서 짐을 다 잃었는데 우리를 찾을 수밖에 없었겠지… 나도 네가 무슨 말을 하는지 알아, 그래도 그를 따라가는 게 최선이야."

"빌, 나는 지금 초자연적인 애기를 하는 게 아냐, 그를 따라가는 거야 말로 우릴 죽게 만들 거야, 잘 생각해 봐, 캐서린은 물론 애니까지 죽게 만들 거라고, 그는 제정신이 아냐, 방금 나하고 캐서린한테 총을 갈기려고 했다고! 애초에 이곳으로 유도한 게 누군데?"

"젠장할… 피터, 제발… 너까지 그러지 마."

"그는 정신이 불안정해, 방금까지만 해도 내 등딱지에 총을 쏴재끼려고 했잖아, 우리가 등 돌리면 바로 태도가 바뀔 거야."

"산탄총은 내가 계속 들고 다닐게. 20년 동안 숲만 보면 누구나 저 정도는 미쳐버릴 거야. 다니엘을 따라가지 않으면 절벽을 올라갈 수밖에 없어."

"빌… 나는 솔직히 지금 물고 있는 담배 빼고는 아무것도 못 믿겠어. 오두막에 있던 지도도 마찬가지고, 다니엘은 더더욱 못 믿겠어. 우리가 길을 찾아가야 돼."

"어디로 갈 건데?"

"저 늙은이가 가는 길의 반대로 가자, 그럼 우리가 처음에 건넜던 골짜기가 나올 거야. 이제 비가 오지 않으니 충분히 건널 수 있을 거야."

"피터, 거기 가는 것도 그리 좋은 생각은 아냐. 강물이 생각보다 많이 빠지지 않았으면 어떡해? 그럼 흔들다리가 없는 이상 강을 건너고 반대편 골짜기를 올라가야 돼. 절벽과 다를 게 없다고… 게다가 애니는 수영할 줄 몰라. 그리고 짐을 다 버리고 수영하면 여기서 벗어나도 하루를 더 가야 하는데 어쩔 거야?"

"…제기랄."

피터는 그를 따라가는 것이 최선의 선택이라는 것을 인정하고 싶지 않았다. 그는 괜히 땅에 떨어진 담배꽁초를 세게 밟아서 뭉개버렸다.

만약 한나절 이내에 나가는 길에 도착하지 못하면 하루 정도 먹을 분량밖에 남지 않기 때문에, 다니엘을 따라가서 숲을 나가지 못한다면 그들의 산행은 더 위태로워질 것이었다. 빌도 그를 전적으로 믿고 가는 것은 마음에 들지 않았지만 할 수 없었다.

그들은 다시 텐트 옆으로 돌아왔다. 다니엘은 모닥불과 가까운 절벽에 기대서 눈을 감고 있었다. 피터는 빌에게 산탄총을 잘 간수하라는 말을 하고 텐트로 들어갔다.

애니는 빌이 텐트로 들어올 때까지 자지 않았고, 그가 들어오자 덮고 있던 침낭을 나누어 덮었다. 밖에서는 장작이 타들어가는 소리와, 여전히 울려 퍼지고 있는 새소리와 다니엘이 코고는 소리가 들렸다.

"빌… 자꾸만 내가 자기와 피터, 캐서린을 끌어들였다는 생각이 들어…"

"애니, 내일이면 우리는 다시 탁 트인 들판을 걷고 있을 거야."

"내가 보고 있던 일기장… 중간부터는 의미 없는 말만 쓰여 있어… 갑자기 날짜가 1년 후로 넘어가고… 이상한 그림이 그려져 있고… 여기에 온 사람도 환각에 시달렸던 게 분명해, 다니엘도 지금 환각을 보고 있는 거야…"

"나도 그를 완전히 믿지는 않지만, 일단은 그를 따라가는 게 최선이라고 생각해."

"나도 환각에 시달리며 숲을 헤매일까 두려워… 빌."

"내가 그렇게 만들지 않을 거야."

그는 그렇게 말하면서 애니의 손을 잡아 주었다.

"아까 다니엘이 하는 말 들었어? 피터와 캐서린이 강물에 휩쓸려 갔다는 거…"
"그게 사실인지 아니면 다니엘이 착각하는 건지는 모르겠지만, 일단 그를 따라서 숲에서 나가는 게 먼저야."

애니의 머릿결은 이틀 동안 씻지 않아 금세 여러 갈래로 갈라졌다. 그리고 애니의 공포심도 숲에서 머무는 시간이 길어질수록 깊어지고 있는 것 같았다.

애니는 동네에 있는 뒷산을 오르는 것도 무서워했다. 조난당한 상황에서 지금 벌어지는 일들은 최악의 경험일 것이다. 빨리 벗어나지 않으면 그녀는 정신적으로 더 힘들어할 것이다.

새들의 울음은 텐트를 뚫고 귀에 들려왔다. 어두운 숲에서 바람이 불 때면 꼭 누군가가 울부짖는 소리처럼 들렸다. 그렇지만 산행으로 고단했던 그들은 그런 소리 속에도 조금씩 눈이 감겼다.

다음날 아침, 원래 예정대로였다면 들판을 걸어 계획한 코스의 반 정도를 왔어야 했고, 푸른 들판을 바라보며 경치를 즐기고 있을 것이었다.

불안해하는 애니를 달래며 길을 걷고, 여행이 계속 되면서 피터와 캐서린이 가까워지는 걸 보며 여행을 온 보람을 느꼈어야 했다.

아침에 일어난 빌은 자신의 옆에 애니가 없다는 것을 알았다.

간밤에 무슨 일이 일어났나 싶어서 가슴에 철렁 내려앉았고, 그는 헐레벌떡 텐트 문을 열고 신발도 제대로 신지 않은 채 밖으로 뛰쳐 나갔다.

애니가 먼저 일어나 모닥불 옆에서 스튜를 끓이고 있는 것을 보고 그는 다시 텐트로 돌아가서 제대로 신발을 신고 나왔다.

"빌… 일어났어? 재료는 얼마 없지만, 몸을 따뜻하게 해 줄 거야."

"피터랑 캐서린도 깨울게."

그들은 옆에서 지켜보던 다니엘과 모닥불 옆에 앉았고 텐트에서 나온 피터와 캐서린은 같이 스튜를 들었다. 스튜가루 조금에 소시지가 조금밖에 들어가지 않았지만, 쌀쌀한 아침 공기를 이겨내기에는 충분했다.

"서둘러 가세… 절벽만 따라가면 되니까, 잔뜩 굶은 늑대라도 나타나지 않는다면 절벽 뒤의 샛길까지 가는 데에 아무 문제없을 거네."

다니엘은 캐서린의 짐이라도 들어주겠다고 했고, 캐서린은 몇 번 거절하다가 그에게 짐을 주었다. 빌은 텐트를 걷고, 물통에 물에 얼마나 남았는지 체크하며 다시는 텐트를 펴지 않았으면 좋겠다고 생각했다.

빌은 오늘 숲을 빠져나가 어두워져갈 무렵에는 침대에 누워 있는 것을 상상했다. 아마 모두들 그런 생각을 하고 있을 것이다. 그는 슬슬 머리를 감지 못해서 두피가 간지럽기 시작했다.

피터는 텐트를 마저 말아서 접고 모닥불을 발로 밟아서 꺼버렸다. 아직 겨울이 되지 않았음에도 숲에서의 아침은 차가웠다. 두꺼운 등산복을 걸쳤는데도 한기가 새어 들어왔고, 텐트 밖에 나오자 나무들 사이로 나오는 쌀쌀한 바람이 스쳐갔다.

그리고 그들의 아침을 맞아준 것은 숲에서 뿜어져 나오는 자욱한 안개였다.

일행은 캐서린의 가방을 매고 앞장서서 걷는 다니엘을 따라 절벽을 따라갔다. 안개가 짙어서 앞서 걷는 사람이 있다는 것만을 알 뿐, 산새가 험한지 선두가 잘 가고 있는지도 확인할 수 없었다.

마치 짙은 안개가 숲을 만들어내는 것 같은 착각을 하게 만들었다.

선두에서 다니엘이 절벽을 따라 걸어갔고 뒤에 따라오는 일행들을 전혀 배려해주지 않는 것 같이 빠른 속도로 걸어갔다.

빌은 총을 어깨에 걸친 채, 맨 뒤에서 다니엘과 피터, 캐서린을 보면서 걸어가고 있었다.

어제 산탄총의 총열을 열어서 확인했을 때 총알이 두 발 장전되어 있었다. 즉 유사시에 두 발만을 쏠 수 있었다.

말도 안 된다는 것을 알지만, 피터와 캐서린이 다른 사람 같다고 하는 애니의 말이 계속 마음에 걸렸다. 그리고 정신상태가 좋지 않은 다니엘이 돌변할지 모른다는 생각은 숲의 그늘이 주는 공포감보다 더 그를 긴장하게 만들었다.

텐트를 펴고 잤어도 바닥이 딱딱했기에 허리가 아팠고, 온몸의 피로가 겹쳐서 얼마 안 가 쉬고 싶은 생각이 들었다. 다니엘은 추운 밖에서 자다가 쓰러졌다 일어났음에도 불구하고 산행을 자주 다녀서인지 피로가 전혀 쌓이지 않은 듯이 움직였다.

길 자체는 절벽을 따라가기만 하는 것이기 때문에 길을 잃거나 하지는 않을 것 같았지만, 얼마 걷지도 않았는데 벌써 발바닥이 아파왔다.

빌은 앞서 가는 일행의 동작을 하나하나 쳐다보느라 금방 피로감을 느꼈다. 목에 맨 카메라 줄이 거슬려서 카메라를 품 안에 집어넣었다. 애니는 간간히 보이는 절벽 위의 새 토템을 유심히 보는 것 같았다.

새 모양 토템들은 크기와 날개길이 등이 각양각색이었다. 아직까지 색깔이 선명하게 남아있는 것들과, 날개가 하나만 있는 것들, 풍파로 인해 금이 가고 부서진 것들도 있었고, 오래되어 단순히 나무같이 보이는 것들도 있었다.

그리고 안개 사이로 새들의 소름끼치는 울음소리가 들려왔다.

빌의 손목시계는 정오가 조금 넘은 시간을 가리켰다. 계속해서 움직였기 때문에 벌써부터 배가 고팠다.

절벽을 따라가기만 할 거면 다니엘을 앞장세우고 쫓아갈 필요가 있는지 의문이 들었다.

"다니엘, 너무 먼저 가지 마요! 다니엘!"

뿌연 안개 때문에 피터와 캐서린의 형체도 희미하게 보였고, 캐서린이 다니엘을 부르는 소리가 들렸다.

다니엘이 뭐라고 대답하는 것 같았지만, 빌에게는 들리지 않았다.

잠시 후, 피터가 그를 몇 번 더 불러보더니 단념하고 뒤를 돌아보고 다급한 목소리로 말했다.

"빌, 다니엘이 없어!"
"제길…"

빌은 주위를 둘러보았지만, 숲은 안개에 덮여 손을 뻗는 정도의 거리조차 보이지 않았다. 다니엘이 조금 멀어졌을 때 바로 불렀어야 했다고 후회를 했지만 이미 그는 시야에서 사라지고 없었다. 어제와 같이 다니엘이 흥분한 상태로 덮쳐온다면 안개에 가려져 제대로 대처할 수 없을 것 같았다. 애초에 피터의 말대로 정신이 오락가락한 상태인 그에게 안내를 맡기는 게 잘한 생각인지 의문이 들었다. 피터도 캐서린의 손을 잡고 안개 때문에 가려지지 않을 정도로 빌과 애니에게 가까이 붙어서 천천히 절벽을 등지고 걸었다.

다니엘뿐만 아니라 안개가 걸려있는 나무 뒤에서 무언가가 그들을 덮치려고 노려보는 것 같았다.

"빌… 생각해보면 처음부터 이상했어. 오두막에서 여기 지도가 찢어져서 이 뒤에 길을 몰랐잖아. 그리고 나서 바로 다니엘이 나타나서 이쪽에 절벽을 올라가는 길이 있다고 했지… 너무 인위적이지 않아 마치 여기로 우리를 보내려는 것처럼…?"

새들도 어째서인지 끔찍한 울음을 내지 않았고, 적막 속에서 피터의 목소리만 안개 사이로 퍼졌다.

"분명 길을 잃게 만들려는 거야, 여기서 때마침 절벽을 올라가는 샛길이 있을 거라고 생각해? 우린 잘못된 길을 안내받고 있는 거야,"

그의 말에 애니가 빌의 한쪽 팔을 잡고 한 걸음 더 물러나 절벽에 찰싹 붙어서 걸음을 옮겼다. 빌은 다니엘이 간 방향을 쳐다봤지만 뿌연 안개의 뒤로 아무 것도 보이지 않았다.

자욱한 안개 때문에 숲은 사라지고, 절벽과 그들밖에는 없는 것 같았다.

그들은 아무 소리도 들리지 않는 안개 속에 귀를 기울이고 있었다.

"피터… 저기…"

캐서린이 수풀에 삐져나온 무언가를 발견하고 걸음을 멈추었다.

그녀의 말에 일행들은 수풀 쪽을 바라보았고, 색이 바랄 정도로 오래된 텐트가 있다는 것을 알았다.

그들은 앞으로 걸어나가는 것을 멈추고 주위를 둘러보았다. 눈앞에 보이는 나무들 사이로 안개 사이로 삐져나온 텐트의 끝이 보였다.

이제야 그들은 수많은 텐트들에 둘러싸여 있다는 것을 알았다.

텐트들은 시간이 지나 변색되고 구멍이 뚫려 흉하게 수풀 사이사이에 숨어 있었다.

그들의 직감은 당장 여기서 벗어나라고 신호를 보내고 있었다.

"…당장 돌아가야 돼."

빌이 중얼거리고 몇 초 뒤, 그들은 지금까지 온 방향과 반대 방향으로 뛰기 시작했다.

피터는 뛰어가면서 절규에 가까운 소리로 말했다.

"여기까지 오면서 왜 눈치를 못 챘던 거지? 젠장!"

그들은 공포에 숨도 잘 쉬지 못하고 절벽을 따라 달려나갔다.

그렇게 많은 수의 텐트를 여기에서 보게 될 줄은 상상도 하지 못했다. 텐트들은 마치 그들의 공포심을 맡고 숲속 어딘가에서 스멀스멀 기어 나온 것 같았다.

빌은 산탄총을 왼손에 들고, 다른 손은 애니의 손을 잡고 달음박질쳤다. 푸른 나무들 사이에서 다양한 색의 텐트가 그들의 옆으로 스쳐지나갔다. 절벽을 따라 아무리 뛰어도 계속해서 같은 풍경이었다. 자신들이 정말 달리는 것인지 의문이 들었다.

전력을 다해 뛴 그들은 절벽에 기대어 숨을 내쉬며 잠시 속도를 늦췄다.

"헉헉, 지금까지 몇 명이나 여기 온 거야?"
"텐트들이 수도 없이 많아…"

캐서린이 공포에 질려 말했고 피터는 아무리 달려도 계속 나타나는 텐트들을 보며 답했다.

"그 사람을 믿는 게 아니었어…"

빌은 다니엘을 믿고 여기까지 온 것이 실수라고 생각했으나, 그들은 이미 귀중한 한나절을 낭비했다.

애니는 공포로 다리가 후들후들 떨려서 벽에 기대어 멈추었다.

빌은 숨을 몰아쉬는 그녀의 곁으로 다가갔고 주위를 살폈다. 물론 안개 때문에 근처 나무와 텐트 외엔 아무것도 보이지 않았다. 그들은 여기에 멈춰 있으면 안 된다는 생각에 숨을 돌리고 바로 발을 옮겼다.

선두에서 발길을 서두르던 빌은 바로 밑도 뿌옇게 보였기 때문에 돌멩이를 밟으며 미끄러졌다. 그가 들고 있던 산탄총은 앞으로 튕겨져 나갔다.

"빌, 괜찮아?"

피터가 바로 달려와 빌을 일으켜 세웠고, 다행히 발을 접지른 건 아닌 것 같았다.

다시 일어나 산탄총을 주우러 앞으로 가던 빌은 산탄총이 진흙이 잔뜩 묻은 신발 앞에 떨어져 있는 것을 보았다.

넷은 조용히 시선을 올려 신발의 주인을 쳐다보았고 누군가의 손이 천천히 산탄총을 주웠다.

그들은 거울을 보지 않아도 서로의 얼굴이 새파랗게 굳어가고 있는 것을 알았다.

빌은 밑을 보고 허리를 굽힌 채 그대로 동작을 멈추었고, 피터와 애니, 캐서린은 빌의 조금 뒤에서 산탄총을 든 다니엘을 쳐다보았다.

그들은 새가 적막을 깨고 울어 대기 전까지는 서로 마주 본 채 조금도 움직이지 않았다.

다니엘은 산탄총의 끝을 살짝 들어올렸고, 빌은 그의 눈동자를 응시했다.

당장에라도 산탄총의 총구가 자신들을 향할 것만 같았다. 뛰어서 안개 속으로 달아나고 싶었다. 만약 뿔뿔이 흩어져 도망친다면 넷 중에 둘 정도는 살 수 있을 것이라는 생각이 들었다.

다니엘은 천천히 총구를 올렸다.

총구가 모두의 무릎에서 허리로, 그리고 가슴팍 높이까지 올라갔다. 안개 때문에 그의 표정은 보이지 않았지만, 분명 겁에 질린 그들을 보면서 웃고 있을 것이라는 생각이 들었다.

애니는 빌의 뒤에서 그의 팔을 잡고, 눈을 질끈 감았다.

그러나 다니엘이 더 가까이 오면서 한 말은 그들의 예상을 벗어나는 것이었다.

"어디로 갔었나? 뒤에서 잘 따라오라고 말했잖아. 이러면 또 늦어지게 되네… 벌써부터 이렇게 시간 끌면 안 돼."

다니엘의 말에 그들은 아무런 대꾸도 하지 않았고, 그는 일행의 맨 앞에 있는 빌에게 총구가 그를 향한 채로 산탄총을 건네주었다.
다니엘은 웃고 있는 것인지 아쉬워하는지 모를 미묘한 표정이었다.
빌은 그의 얼굴을 보고 밀랍으로 만든 인형을 보는 것 같이 전혀
생각이나 의도를 알 수 없었다. 미소조차 인위적으로 짓는 느낌이
었다.

사람이 공포감을 느낄 때는 자신이 가진 상식으로 이해가 되지
않는 것을 보았을 때이다. 그의 표정이나 행동, 모든 것이 갑자기
낯설게 느껴졌다.

피터도 다니엘이 무언가 잘못되었다는 생각을 했지만, 그의 정면
에 서 눈을 맞추며 질문을 했다.

"여기에… 있는 텐트… 알고 있었어요?"

"나도 이곳에 방금 들어왔네, 아마도… 길을 잃고 들어온 사람들
이겠지… 여기 온 건 여기가 처음이 아니라는 거지…"

"당신이 데리고 들어온 거 아니에요?"

"…지금 나한테 하고 싶은 말이 뭔가?"

연륜이 느껴지던 그의 수염은 이제 살인마의 그것처럼 보였다.

빌은 산탄총을 잡은 손에서 계속해서 나는 땀을 바지에 닦아냈
다.

"이런 광경을 보고 눈 하나 깜짝하지도 않는 걸 보고 당연히 이

100

상하다는 생각이 들지 않아요? 애초에 이런 넓은 곳에, 숲이 한두 개도 아닐 텐데 가는 길이 있다고 자신있게 말할 때부터 이상했어."

다니엘은 피터에게 그 말을 듣고 나서 눈을 부라리며 그에게 말했다.

"그거 아나? 어제는 저 친구에게 설득당했지만, 난 아직도 자네들 안 믿어, 여기서 시간 낭비하게 하려고 개수작 부리는 거 다 알고 있어."
"우릴 숲에 가두려 하는 건 당신 아니에요? 처음부터 새 이야기로 겁을 주고, 오두막 얘기를 꺼내 이리로 오게 만든 것도… 다 당신이에요, 게다가 지금 사람들이 죽어간 곳으로 안내하고 있는 거고… 그쪽을 믿고 따라갈 수 있을 거라고 생각해요?"

피터는 그의 기세에 눌리지 않고 논리적으로 따졌다.

"제정신으로 그런 소릴 하는 건가? 내가 뭐가 좋아서 자네들 길을 잃게 해? 내가 자네들을 죽이고 싶었으면 산탄총을 잡았을 때 방아쇠를 당겼겠지! 그런데도 난 총을 주워서 자네들에게 주었어."
"천천히 길을 잃고 지쳐가는 걸 보고 싶은 거 아니야? 잘 생각해보면 앞으로 더 갈 수 없다며 굳이 이곳으로 유도하고, 지금 우리를 더 깊은 곳으로 끌고 가려고 하고 있는 것도, 당신의 의도대로 움직이고 있는 거야"

"사실 자네들이 날 믿건 말건 신경 안 써, 나도 자네들을 믿지 않거든. 빌, 말해보게. 내가 미쳤다고 생각하나? 자네 친구들 뭔가 달라진 점 없나? 알고 지내던 친구와 목소리, 표정, 작은 습관까지 비슷할 테지만 아주 미묘하게 다를 걸세, 자네 친구는 죽었어, 지금 자넬 홀리려는 거야, 여기에서 조금만 더 가면 절벽을 올라갈 수 있어, 오늘 안에 절벽의 뒤로 빠져나가야 하네."

빌은 그의 말을 듣고 애니가 그가 절고 있는 다리가 바뀌었다고 말한 것이 생각났다. 지금도 피터는 다쳤다는 오른쪽 다리에 힘을 주고 서 있었다. 빌은 그에게서 조금 떨어졌다.

빌은 산탄총으로 다니엘을 겨누다가 멈칫하고 피터를 보고 다시 다니엘에게 총을 겨누는 것을 반복했다. 정말 그들은 다니엘 말대로 강물에 휩쓸려 사라진 것이고 지금 눈앞에 있는 그들은 친구를 흉내내는 가짜가 아닐까 하는 생각이 들었다.

피터와 다니엘의 논쟁은 산 속을 울리며 메아리가 되어 그들에게 돌아왔다.

빌은 피터를 다시 쳐다보았지만 아무리 보아도 그는 지금까지 만나왔던 사람이었다.

"빌, 저 사람 따라갔다간 우리 모두 뒈질 거야, 제정신이 아니라고! 어제 총 들고 위협하는 거 못 봤어? 우리가 물을 건너온 골짜기로 가야 돼! 점점 깊은 곳으로 끌고 가고 있다고! 숲으로 더 들어갔다간 빠져나올 수고 없을 거야."

빌은 애니의 손을 잡고 피터와 캐서린, 다니엘에게서 조금 떨어졌다. 피터와 다니엘은 서로에게 손가락질 하면서 소리를 더 높였다.

캐서린이 피터를 말리려고 하는 것 같았지만, 피터는 아랑곳하지 않았다.

"뭐 하는 거야, 저런 말 같지도 않은 걸 믿는 거야? 정신 차려, 빌"

"둘 다 그만 좀 해!"

빌은 소리를 지르며 방아쇠에 손가락을 넣고 총구를 하늘로 올렸다. 다니엘과 피터는 언쟁을 계속하다가, 빌이 총구를 하늘로 올리는 것을 보고 입을 닫았다.

"우린… 전부 지쳐있는 거야. 정신적으로나… 육체적으로나… 지쳤다고… 망상에 빠져있는 거야, 다니엘은 너희가 강에 떨어져 죽었다고 생각하고, 우릴 홀려서 헤매게 하려고 한다고 생각하고… 너희도 다니엘이 제정신이 아니라고 생각하고… 솔직히 나도 모르겠어, 너희가 우릴 헤매게 하려고 하는지 아니면 다니엘이 우릴 죽이려 하는 건지… 모르겠다고, 이 개 같은 난장판을… 우리 다 진정해야 돼… 밥도 제대로 못 먹고 3일이나 여기 갇혀서 나무나 보면서 걷고 있어, 점점 미쳐가는 거야… 싸울 시간도 없고 걷는 데 쓸 에너지도 없단 말이야."

"빌 이제 됐어, 진정해…"

그의 옆에 있던 애니가 진정하라고 말하며 방아쇠에 올린 빌의 팔을 잡고 밑으로 내렸다.

빌은 손목시계를 바라보았고, 시계는 오후 2시를 가리키고 있었다. 쓸데없는 언쟁을 하느라 오후가 다 되어 있었다. 이제 몇 시간 후면 숲이 어두워질 것이었다.

"조금만 더 시간이 지나면 오늘 밤도 여기서 자야 할 거야, 피터, 의심하는 것 좀 그만둬, 에너지 낭비일 뿐이니까. 아무리 생각해봐도 난 다니엘이 우릴 죽일 이유를 못 찾겠어, 그리고 이 숲으로 우릴 데려가려다가 정작 본인은 강물에 떨어져 빠져 죽을 뻔했어, 저 사람이 물살에 휩쓸려 죽을 뻔했다고. 이런 식으로 의심하는 건 시간낭비야."

빌은 침착함을 되찾고, 피터에게 담담한 어조로 말했다.

피터는 그의 말이 맞다고 생각하는지 고개를 숙이고 다니엘에게

서 떨어졌다. 빌은 다니엘을 재촉해 앞장서게 했고, 그도 입을 닫고 선두에서 발을 옮겼다.

빌은 의식적으로 다니엘과 피터, 캐서린이 앞에서 걷게 한 다음 애니와 같이 그들의 뒤에서 걸었다. 그들이 무슨 행동을 하는지 눈으로 보고 싶었기 때문이었다.

애니는 절벽을 따라가다 몇 발자국을 걷고 빌이 뒤에 있나 확인하는 듯 뒤를 돌아 그를 쳐다보았다. 그럴 때마다 빌은 웃으면서 애니의 얼굴을 만지며 장난을 쳤지만 속은 찜찜하기 그지없었다.

빌은 자신이 스트레스와 피로 때문에 서로 쓸데없이 의심을 한다고 말하긴 했지만, 자기 자신도 점점 피터와 캐서린을 의심하고 있었다. 바보 같은 생각이라는 것을 알면서도 그들에게 등을 보이고 싶지 않았다.

모두 자신과 애니를 숲속에 고립되게 만들 악마처럼 느껴졌다.

애니의 걷는 속도는 점점 느려지고 있었고, 빌 자신도 점점 상태가 안 좋아지고 있다는 것을 알았다. 제대로 먹지도 못하고 걷기만 했으니 슬슬 시야가 흐려지고 현기증 증세가 나타나고 있었다. 얼른 이 숲을 나가서 들판에서라도 충분한 휴식을 취해야 한다. 앞서 가던 캐서린도 더 이상 가지 못하겠는지 절벽에 기대었고 그걸 본 빌은 쉬어가자는 제안을 했다.

빌은 다니엘이 피터와의 말싸움으로 기분이 많이 상해있을 것이라고 생각했기 때문에 절벽에 앉아있는 그에게 다가가서 말을 걸었다.

"다니엘, 지금 다들 예민해 있어서 그래요. 그런 취급한 거 죄송해요."

"괜찮네, 이해를 못하는 건 아니네… 내가 자네들을 여기 데려왔으니까 말이야… 여기에 온 건… 실수라고 생각하고 있네… 다리가 끊어질 거라는 생각을 하지 못했어… 미안하네."

다니엘은 앉아서 한숨을 쉬며 그에게 사과를 했다.

빌은 순간이라도 다니엘이 일부러 여기에 끌고 왔다거나 하는 이상한 생각을 한 것을 반성했다. 다들 컨디션이 정상이 아니고 많은 스트레스를 받았을 것이다. 그들은 단지 끔찍한 곳에 조난을 당했다. 지형이 험난해서 사람들이 조난을 많이 당한 곳에 있을 뿐이다.

그러나 그렇게 생각하려 할수록 빌의 마음속에는 찜찜함이 번져왔다. 직면한 사실에 대한 생각을 유보함으로써 회피하고 있을 뿐이라는 생각이 들었다.

새는 나뭇가지에 앉아 울어댔고 그 밑에는 죽은 새의 시체가 여기저기 널려 있었다. 나무는 높이 뻗어 있었고 아직까지 남아있는 안개 뒤로 희미한 그림자가 꿈틀대는 것 같았다.

숲을 벗어나기만 한다면 이런 상황도 해소될 것이라고 생각했다. 떨어져 배를 까고 미동도 않는 새들과 벼랑에서 노려보는 토템들 그리고 정신을 잡아먹는 망상까지… 하지만 그들을 둘러싸고 있는 숲은 점점 가까이 다가오는 것 같았다. 만약에 신이 사람을 가두려고 만든 덫이라는 게 있다면 여기가 그 장소에 걸맞는 곳이라는 생각을 했다.

피터에게 다가가 같이 졸업한 대학교나, 고향에 대해서 질문을 하고 싶었지만 만에 하나 그들이 그 질문에 대답하지 못할까 봐, 그것이 더 무서웠다. 대답을 하지 못하고 악마가 되어 목을 조를 것 같았다. 또한 만약 다니엘의 목적이 숲에서 그들이 헤매게 하는 것이라면, 지금 그를 따라가는 것 자체가 악마의 꾐에 놀아나는 것이었다.

이런 딜레마가 숲의 함정이었다.

빌은 총으로 그들의 등을 차례로 쏘고 애니를 데리고 도망치고 싶다는 생각을 했고, 자신이 그런 생각을 하고 있다는 사실에 놀랐다.

정신이 어두운 숲에 집어삼켜지고 있는 것 같았다.

그들은 절벽 근처에 둘러앉아 남은 통조림과 빵으로 대충 허기를 때웠다. 남은 통조림은 서너 개, 빵은 한 조각밖에 남지 않은 것을 보고 캐서린은 한숨을 쉬었다. 이제 지금 당장 숲을 나간다 해도 숙소까지 걸어갈 식량은 되지 않았다.

빌은 잠시 텐트들을 뒤져 쓸 만한 것이 있나 둘러본다며 애니와 같이 근처의 텐트를 살펴보았다. 빌은 자연스럽게 애니의 손을 잡고 조금 떨어진 텐트를 뒤졌고, 캐서린과 피터는 절벽에 매달려

휴대폰이 전파가 닿나 시험해보는 것 같았지만 무리인 것 같았다.

텐트에는 금방이라도 누군가 있다가 나가버린 것처럼 조난자들의 물건들이 널려 있었다. 그렇지만 그 위에 이끼가 끼거나 색이 바래 세월이 지났음을 알려주었다.

애니는 풀러진 벨트와 이끼가 낀 손전등을 두 손가락으로 들어 올려 텐트 구석으로 치워버렸다. 그 옆에서 빌은 떨어진 지갑에서 찾은 1989년도에 만료되는 신분증을 꺼내 보고 집어던졌다. 아마도 여기에 있는 텐트 전부가 길을 찾아 뒤편으로 온 여행객들의 흔적일 것이었다. 빌이 찾은 통조림 캔은 뭐가 들어 있었는지 알 수도 없을 정도로 녹이 슬어 있었다.

애니는 빌이 살펴보고 있는 텐트 옆 바위에 앉았고 빌은 다른 일행이 들을 수 없게 조그만 목소리로 말하기 시작했다. 그녀도 앞에 있는 숲을 둘러보는 척 하면서 그의 이야기를 들었다.

"애니… 우리가 알고 지낸 피터와 캐서린이 아닌 걸까?"

"처음에는 피터와 다니엘이 정말 다른 사람처럼 느껴졌는데… 계속 같이 있다 보니 정말 모르겠어, 그 뭔가 타인 같은 느낌에 익숙해져 버렸다고 해야 하나… 처음에는 뭔가 어색했는데, 이젠 완벽하게 그들을 흉내내고 있는 것 같아…"

"여기에 오래 있어서 이런 이상한 생각을 하는 건지도 모르겠어…"

빌은 자신의 배낭을 내려 조금 가져온 과자가 어느 정도 있는지 살펴보았고, 애니는 바위 위에 있는 이끼를 떼서 만지작거리며 그에게 말했다.

"내 꿈에 계속 나오는 곳… 여기에 있는 절벽과 느낌이 비슷해… 어렸을 때 왔던 숲에 다시 온 것 같은 느낌이 들어… 너무 무서워… 여기에서 아빠처럼 나가지 못할 것 같은 느낌이 들어…"

애니는 몸을 웅크리고 떨고 있었고, 빌은 텐트에서 나와 바위에 앉아 있는 그녀를 안아주었다. 애니에게 한 말이 그녀를 더 불안하게 만들고 있는 것 같아서 후회가 되었다.

안 그래도 이 숲에 들어와 공포에 질려 있는데, 자신마저 이런 소리를 하면 그녀가 더 힘들어할 것이었다.

"애니, 조금만 더 가면 숲 밖으로 나갈 수 있어. 나가면 바로 근처 여행객들에게 도움을 청하자. 숙소에서 얼마 떨어지지 않은 곳이어서 오가는 사람들이 많을 거야."

저 멀리서 피터가 둘을 불렀고 빌은 애니의 손을 잡고 그들이 쉬고 있는 곳으로 걸어갔다.

피터와 캐서린, 다니엘은 이미 절벽을 따라 걸어가고 있었고, 애니와 빌은 조금 떨어진 거리에서 그들을 따라갔다.

다니엘은 하늘은 한 번 올려다보고 날이 어두워지고 있는 것을 알았는지 아까보다 더 빠른 걸음으로 움직였다.

"더는 지체하면 안 되네, 밤이 되기 전에 숲에서 나가야 돼."

빌은 이동하면서 손목시계를 보았다. 오후 5시를 가리키고 있었다. 밤에 산길을 가는 건 위험하기 때문에 텐트를 펴고 야영 준비를 해야 했지만, 그들 모두 더는 숲에 있는 것이 싫은지 발걸음을 재촉했다.

그들을 삼키려고 발버둥치던 안개는 저녁 무렵이 되자 서서히 사라졌고, 나뭇가지에 앉아 그들을 쳐다보는 시선이 느껴지기 시작했다. 마치 안개에 의지가 있어서 그들을 숲에서 나가지 못하게 하려고 밝은 낮에만 자욱하게 깔려 있었던 것처럼 느껴졌다.

애니는 숲 쪽을 쳐다보지도 않고 걸었고 거칠게 숨을 쉬었다. 그녀는 원래 체력이 그렇게 좋은 편도 아니어서 많이 지쳐 있었다. 저녁때쯤이면 도착할 것이라는 말과는 달리 그들은 아직도 나무 사이를 걷고 있었다.

이제 기분 나쁜 텐트는 보이지 않았지만, 아직도 숲의 끝은 보일 생각을 하지 않았다.

그들의 앞에서 걷고 있던 피터는 고개를 돌려 그를 쳐다보더니, 애니를 지나쳐 빌에게 낡은 지도를 하나 건네주었다.

이곳의 지형은 빌이 예상한 대로였다. 그들이 걷고 있는 숲은 절벽에 둥글게 막혀진 구조였던 것이다. 지도상으론 지금 가고 있는 곳에 길 따위 없었다. 그렇지만 다니엘은 숲 뒤쪽에 길이 있을 것이라며 그들을 이끌고 절벽을 따라가고 있었다. 그들의 가이드는 숲의 점점 더 깊은 곳으로 그들을 데려가고 있었다.

그들은 숲의 끝자락에 걸려있는 죽음으로 향하고 있는 것이었다.

아니, 그들을 데려가고 있는 건 죽음 그 자체라는 생각이 들었다.

현지 가이드의 말에 따르는 것은 그들로서는 당연한 선택이었고, 그 선택은 되돌아와서 그들을 옥죄고 있었다.

다니엘의 뒷모습은 사람의 것이 아니라는 생각이 들었다.

빌은 굳은 얼굴로 애니에게도 그 지도를 보여주었고, 그들은 공포에 질렸다. 이 끔찍한 산보다 무서운 것은 자신들을 이끌고 가는 존재였다. 애니는 자신이 꾼 꿈과 같이 다니엘이 고개만을 돌려서 그녀를 쳐다볼 것 같았다.

그녀의 걸음은 점점 느려져 선두에 있는 다니엘과 멀어졌다.

빌은 애니의 바로 앞에 서서 태연한 척 걷고 있었지만 공포감에 머릿속이 새하얘졌다. 여기에서 바로 숲 안으로 뛰어 들어가도 그를 따돌릴 수 없을 것 같다는 생각이 들었다.

날은 점점 어두워져갔고 얼마 되지 않아 숲 속에 어둠이 깔리기 시작했다. 발에 치이는 죽은 새들이 많아질수록 그들이 향하는 곳에 대한 나쁜 상상을 하게 만들었다.

그리고 그들 앞에 나타난 것이 숲을 나가는 샛길이 아니라 끔찍한 오두막이었을 때, 다니엘은 미소를 짓는 것 같았다. 그 흉물스러운 오두막 위에는 수많은 새들이 앉아 있었다.

지긋지긋한 새들은 미동도 하지 않고 그들을 비웃는 듯 지붕에 빼곡하게 앉아있었다. 새들은 날아가지도, 깃털을 정돈하지도 않았다.

단지 그 자리에서 그들을 뚫어져라 응시하고 있을 뿐이었다.

일행은 하룻밤을 보냈던 오두막을 보고서, 한참 동안 그 자리에 우두커니 서 있었다.

오두막은 문을 반쯤 열고 그들을 반기고 있는 것 같았다.

"제기랄… 이럴… 순 없어…"

다니엘은 오두막을 보고는 두 눈을 믿을 수 없다는 듯이 중얼거렸지만, 나머지 일행은 멀찌감치 떨어져 그를 쳐다보고만 있었다. 그가 절망하는 것조차 연기인 것 같았다. 다니엘을 제외한 일행은 말을 잃었고 다니엘은 깊은 한숨을 쉬었다. 빌은 그가 어떤 반응을 보이는지를 관찰했다. 그는 뒤에 서 있는 일행이 아무런 말도 하지 않자 천천히 뒤를 돌아보았다.

"분명 절벽을 따라왔는데, 이 지랄 맞은 오두막이 또 나올 수가 있지? 이건 불가능하네…"

"다니엘… 지금까지 믿고 따라왔어요, 그런데 이젠 아무리 생각해도 일부러 이 곳으로 돌아온 것 같은 생각밖에 안 들어요."

빌은 떨리는 목소리로 다니엘에게 말했다. 그는 억울하다는 듯이 대꾸했다.

"무슨 헛소리야, 여기가 뭐가 좋다고 돌아오겠나? 애초에 절벽을 따라가기만 하는데 어떻게 길을 잃게 할 수가 있어? 이제 골짜기 가 끝났어야 한단 말일세!"

피터는 다니엘을 향해 텐트에서 찾은 지도를 던졌다. 지도는 다 니엘의 무릎을 맞고 떨어졌다. 그는 지도를 주워 펼쳤다.
다니엘은 누렇게 바랜 지도를 한참 쳐다보더니 혼란스러운 듯이 말했다.

"지도… 텐트에서 찾았나 보군. 이보게들, 분명 뒤쪽에 절벽을 오르는 길이 나와야 해…"

다니엘이 무슨 말을 하든 일행들은 싸늘한 눈으로 그를 쳐다보았 고, 그에게서 거리를 유지했다. 이제는 그늘진 숲이 더 어두워지기 시작했고, 몇 분도 채 되지 않아 숲속을 어둠이 뒤덮었다.
다니엘이 안내해준 길이 맞든 아니든 더 이상 산행을 계속 할 수는 없었다. 그리고 그들을 놓아 줄 생각이 없는 듯, 하늘에서 물방울이 떨어지기 시작했다.

후두두둑…

"젠장할 비…"
"우선 들어가자."

피터가 하늘을 보고 욕을 내뱉었고, 빌은 우선 안으로 들어가자고 제안했다. 비가 나무들과 수풀 무너져 가는 새 조각상까지 숲 안에 있는 모든 것들 위로 내려오기 시작했다.

그들은 할 수 없이 다시 볼 일이 없을 것이라고 생각했던 오두막으로 들어갔다.

오두막 문을 여는 순간 새들이 쏟아져 나왔다. 문을 연 피터가 흠칫 놀랐지만 비를 피해 바로 오두막으로 들어갔다.

모두 지쳐있었다.

다니엘이 말한 골짜기 뒤에 있는 샛길로 나가는 것은 수포로 돌아간 것이다.

길이 있는데 그가 길을 잘못 든 것인지, 아니면 피터가 찾은 지도처럼 길이 처음부터 없는 것인지는 모르겠지만, 그들은 길을 잃었고, 여전히 섬뜩한 오두막 안에 있었다.

화롯가에 부숴 놓은 책상이 남은 것을 던지고 어렵사리 불을 피운 다음에는 모두 거리를 두고 떨어져 앉았다.

다니엘은 화롯가의 왼편 벽에 기대어 있었고, 중앙에는 피터와 캐서린이 오른쪽에는 빌과 애니가 앉았다.

애니는 체념한 얼굴로 일기장을 펴고 벽에 기댔다.

오늘 오전에 길을 떠날 때만 해도 여기서 금방 나갈 수 있다고 생각했는데, 다시 여기에 돌아와 둘러 앉아 있다는 사실을 믿을 수가 없었다.

그들은 더 이상 다니엘을 몰아붙이지 않았다. 그의 말문이 막히면 돌변해서 달려들 것 같았기 때문이었다. 비는 쉬지 않고 오두막을 때렸고, 그들의 희망도 조금씩 꺼져갔다.

다니엘이 고개를 숙이고 들릴 듯 말 듯한 소리로 중얼거렸다.

"뭔가에 홀린 걸지도 모르겠네."

"홀리긴 염병할… 처음부터 빌어먹을 길 따위는 없었던 거야. 저 사람도 여기 처음인 건 우리랑 똑같고 길을 잘 몰랐던 거지…"

모닥불에 손을 대고 불을 쪼이며 생각에 잠겨 있던 피터는 다니엘이 홀렸다는 말을 하자 민감하게 반응했다.

그리고 일행들을 보면서 말을 이었다.

"빌, 애니, 잘 들어봐. 나침반과 지도를 보고 길을 찾은 게 아니라 지도를 믿고 벼랑을 따라갔기 때문에 여기로 되돌아온 거야."

"무슨 말을 하고 싶은 거야?"

빌은 그가 당연한 소리를 한다고 생각해서 다시 반문했다.

"간단하게 생각해봐, 여기에 조난당한 사람들은 오두막에 들렀을 테고… 반쯤 찢어진 지도를 봤겠지. 그리고 찢어진 부분에 길이 있다고 생각했을 거야. 절벽으로 둘러싸여 있는 줄은 상상도 못했겠지. 그리고 일단은 우리처럼 남쪽으로 가는 게 최선일 것이라 생각했을 거야. 기본적으로 남쪽으로 간다면 원래 코스가 나오니까. 그리고 벽에 막혔을 거야, 우리처럼 말야."

그는 잠시 말을 멈추고 다시 말을 이었다.

"그리고 절벽에 막힌 이들은 선택을 해야 했겠지. 절벽을 따라서 지도에 나오지 않은 곳으로 가든지, 아니면 강물을 건너든지… 왔던 길로 돌아가는 건 시간낭비였을 테니까, 대부분이 우리처럼 절벽을 따라 갔을 거야, 그런데… 절벽 뒤에는 길 같은 게 없어. 이 숲은 절벽에 둘러싸여 막혀 있으니까… 그리고 거기서 야영을 하다가 헤매면서 죽은 거야, 그래서 그 쪽 부근에 텐트가 그렇게 많은 거고, 이건 저주 같은 게 아니야, 물론 다니엘의 탓은 아니지… 그도 여기에 길이 있다는 것 밖에 몰랐으니까, 중요한 건 저주니 홀렸느니 그런 게 아니라는 거야."

빌은 피터의 말이 일리가 있다고 생각했다.

텐트들이 즐비하게 늘어서 있는 것을 보고 덜덜 떨면서 다니엘이 그들을 죽음으로 이끈다고 생각한 자기 자신이 부끄러웠다.

옆에서 듣고 있던 다니엘과 캐서린도 고개를 끄덕였고 애니는 그에게 말했다.

"그럼… 왜 여기로 돌아오게 된 거야? 숲에 홀려서 다시 이곳에 돌아온 거 아냐?"

피터는 턱을 괴고 잠시 고민을 하다가 비가 오는 와중에 밖에 나가 돌조각을 하나 구해왔다. 몸이 젖었지만 그는 개의치 않았다. 그리고 바닥의 나무판자에 힘을 주어 그림을 그렸다.

그는 큰 물음표 모양을 그리고 물음표의 위쪽 끝에 점을 표시했다.

"물음표의 위쪽 끝에 오두막이 있는 거야. 우리는 아까 남쪽으로 갔기 때문에 오두막 근처에 있던 물음표의 맨 위쪽 끝을 못 본 거

고… 그리고 남쪽에는 물음표가 휘어진 부분같이 다 절벽으로 막혀 있지, 그 절벽에서 막혀서 절벽을 따라 지도가 찢겨진 부분으로 올라가게 되면 빙 돌아서 다시 오두막으로 돌아오게 되는 거야, 아까 우리가 발견한 지도는 잘못된 거지."

다니엘은 크게 눈을 뜨고 피터를 쳐다보았고 질문을 한 애니도 그의 분석에 놀란 것 같았다. 빌은 솔직히 그에게 감탄하고 있었다. 숲에 홀려서 죽어가고 있다고 생각했는데, 피터는 나름대로의 분석을 했던 것이다. 그의 말한 지형과 상황이 정확히 들어맞았다.
샛길을 찾아 절벽을 따라가는 것은 바보짓이었던 것이다.
빌은 웃으면서 그에게 말했다.

"난 숲에 무언가에 홀려 다시 돌아왔다고 생각했어."
"절벽을 따라오면서 우리가 시간을 낭비한 거지… 우리는 귀신에 홀린 게 아니야. 또 다니엘이 헤매게 하려고 이쪽으로 데려온 것도 아니고… 그냥 지형이 헤매기 쉬운 구조였고, 지도도 잘못 되어 있었을 뿐더러, 수많은 사람들이 찢어진 지도를 보고 이 숲에 갇혔던 거야. 숲의 덫 같은 게 아니라는 거야, 그냥 여긴 새가 좀 많은 지역의 기분 나쁜 곳이야, 두려움은 우리가 만든 거지… 다니엘이 했던 말, 애니가 찾은 일기장, 애니가 가진 좋지 않은 기억들이나 숲에 있는 기분 나쁜 토템을 보고 쓸데없이 두려워했던 거야."

방금 전까지만 해도 절대로 여기서 빠져나갈 수 없을 것이라고 생각했지만 그의 말을 듣고 다시 나갈 수 있을 것이라는 생각이 들었다.

지금까지 그들이 그토록 두려워했던 것이 아무것도 아니었다는 것을 알게 된 것이다.

검은 숲에서 들려오는 새 소리, 나뭇잎이 부딪히는 소리, 차가운 바람소리가 그들의 공포를 먹고 자라 그들을 위협한 것이다.

다니엘은 피터가 그린 그림을 보면서 말했다.

"처음에 오두막 쪽으로 왔던 쪽으로 내려가 골짜기를 건너거나 다리가 있는 곳을 찾아야겠구만."

그들은 아침이 밝는 대로 끼니를 때운 뒤, 어떻게든 물을 건너야 했다.

피터와 캐서린은 침낭이 있었기 때문에 침낭에 들어갔고, 빌은 자신의 침낭을 애니에게 양보했다. 대신 텐트를 뒤집어서 넓게 펴서 덮었고, 피터는 자신의 텐트를 다니엘에게 건네어 덮게 했다.

화롯가에서 나무가 타는 소리가 들려오고, 지붕 위에서 새들이 울어대고 있었다.

그들은 모두 내일이면 숲에서 벗어날 테고, 또 넓은 들판을 걸어서 숙소에 도착하며 여행의 종지부를 찍을 것이라고 생각하고 있었다.

전과는 달리 비가 오두막의 깨진 창문이나 지붕의 새는 부분으로 들어왔다. 빌을 다은 일어나 자신의 우비로 대강 창문을 막았다.

빌은 한 손에는 산탄총을 쥐고 다른 손으로는 애니의 손을 잡았다. 애니는 피터의 말에 조금 긴장이 풀렸지만 그녀의 직감은 숲에서 벗어날 때까지 마음을 놓아선 안 된다고 말하고 있었다.

그녀는 지금까지 일어났던 일에 대한 피터의 말이 공포를 잊기 위한 회피라는 생각이 들었다. 그의 말이 맞는 것 같았으나, 애니의 마음 한구석에는 찜찜함이 남아 있었다… 그녀는 새들의 지저귐이 여전히 무서웠고 숲속의 싸늘함이 오두막 안의 그녀의 침낭까지 스며들고 있는 것 같았다.

지금까지 있었던 일이 우연이며 사고라는 말을 들어도 그녀는 여전히 공포에 떨고 있었다. 나무들이 만든 그림자에 무언가가 웅크리고 숨어 있는 것 같은 기분이 들었다.

그렇지만 애니를 제외한 일행은 그들은 숲의 밤이 더 이상 무섭지 않은 것처럼 잠을 청했다.

엄마와 아빠의 손을 잡고 같이 산에 오르고 있었다.

처음에는 아빠 엄마와 함께라면 어디까지라도 올라갈 수 있을 것이라고 생각했지만 점점 그녀의 몸은 힘에 부쳤다.

애니의 호흡은 불규칙해졌고 당장이라도 흙길에 누워 쉬고 싶었다.

"조금 쉬었다 가면 안 돼요?"

"애니, 조금만 더 힘내렴."

애니는 눈이 핑핑 돌았고 호흡부족으로 머리가 아팠다.

금방이라도 땅으로 넘어져 곤두박질 칠 것 같았다.

"엄마… 헉헉"

"애니, 조금만 더 힘내렴."

애니는 힘겹게 고개를 돌려 그녀의 부모를 바라보았다.

그러나 아무리 엄마와 아빠의 얼굴을 보려고 해도 그들의 얼굴을 볼 수 없었다.

분명 부모라고 생각했는데, 무언가 다른 것처럼 느껴졌다.

손을 뿌리치려 했지만, 어린 애니의 힘으로는 아무리 발버둥쳐도 그들에게서 벗어날 수 없었다.

이제 목소리를 낼 기운도 없어서 아무 소리도 나오지 않았다.

"애니… 애니!"

"하아… 하…."

땀범벅이 되어서 깨어난 그녀의 앞에 빌의 얼굴이 보였다.

화롯가의 불을 거의 꺼져가서 오두막 안은 어두웠고, 빌은 그녀의 이마에 있는 땀을 닦아 주었다.

"계속 엄마를 부르며 소리치기에…"

빌은 그렇게 말하며 걱정스러운 듯이 애니를 바라보고 있었다.

오두막의 밖에는 천둥이 치고 있었다. 아무런 불빛조차 없는 어둠의 숲을 번개가 잠깐 동안 들춰보는 것 같았다.

애니는 땔감을 보충해야 한다는 것을 빌에게 말하며 일어서려다 피터가 앉은 자세로 위를 보고 미동도 하지 않고 있다는 것을 알았다.

"피터? 뭐 하고…"

애니는 앉은 채로 움직이지 않는 피터에게 다가가려고 일어서다 위를 보았고, 말을 다 맺지 못했다.

오두막의 천장에는 그들이 어제 나눴던 말들을 부정하듯 새 토템이 거꾸로 박혀있었다. 다양한 색상으로 그려진 얼굴들은 그림인데도 그들을 쳐다보고 있는 것 같았다.

빌도 토템을 보고 말았다. 그들은 그 상태로 아무런 말도 할 수 없었다.

빌은 양손을 덜덜 떨었고 애니는 위를 올려다 본 그 상태로 토템에 그려진 눈동자들이 움직이지 않기를 하고 기도했다.

애니는 몸을 경련하듯 부르르 떨며 이 상황이 제발 꿈이었으면 좋겠다고 생각했다.

몇 분째 토템을 응시하던 빌은 숨을 몰아쉬며, 한쪽 팔에 애니를 감싸고 또 피터의 팔을 잡아 침낭채로 질질 끌어서 오두막을 넘어지듯이 나갔다.

빌은 오두막 앞에 고여 있던 흙탕물에 넘어진 후에 기어서 오두막에서 떨어졌으며 애니와 피터는 비명조차 지르지 못하고 빌을 따라서 뒷걸음질치면서 오두막에서 떨어졌다.

며칠째 빨지 못해서 얼룩덜룩해진 옷이 이제는 진흙 범벅이 되었다.

밖에 나간 그들의 온몸이 젖는 데 채 몇 분도 걸리지 않았다. 밖은 어두컴컴해서 오두막에서 새나온 화롯가의 불빛 이외에 아무것도 보이지 않았다.

그렇게 자주 들리던 새 소리도 오늘은 들리지 않는 듯 했다. 그들은 멍하니 앉아서 어둠속에서 문이 반쯤 열린 오두막을 응시했다. 비가 그들의 어깨와 머리를 적시고 흘러 내렸다. 오두막 안에는 큰 날개를 가진 토템이 아직도 천장에 거꾸로 박혀 있는 것 같았다.

"우리… 여기서 나가지 못하고 죽을 거야…"
"빌, 정신 차려!"

빌은 넋이 나간 사람처럼 비를 맞으며 중얼거렸고, 애니가 그의 팔을 잡고 흔들었다.

밖에 나간 지 몇 분이나 지났지만 비현실적인 느낌에서 벗어날 수 없었다. 사방이 깜깜한 숲에서 그들의 시선에 들어오는 건 오두막밖에 없었고 빗줄기가 그들의 시선을 가로막았다.

그리고 그들이 나올 때의 충격에서인지 문이 반쯤 닫혀 있었지만 오두막 안에서 토템의 눈알들이 꿈틀대며 그들을 주시하고 있는 것 같았다.

비가 온다.

숲과 바닥에 떨어진 죽은 새들, 오두막 위로 떨어졌고 풀들과 절벽들 그리고 그들 위로 빗방울이 사정없이 떨어졌다.

"저기 들어가느니 숲 속으로 뛰어 들어가고 싶어…"

빌은 피터를 쳐다본 후에 아주 조금씩 오두막으로 움직였다.

문을 열면 아직도 이해할 수 없는 무언가가 있을 것 같았다.

숲 속의 수많은 새들의 빗줄기 사이로 그들의 움직임을 보고 있는 것 같았다.

이제 온몸이 흠뻑 젖어서 비가 몸에 맞는 느낌이 나지도 않았다.

빌은 문고리를 잡았다.

심장이 금방이라도 터질 것처럼 뛰었다.

애니와 피터는 오두막으로 다가가는 빌을 쳐다보고 있었다.

제발 잘못 본 거고, 문을 열면 아무것도 없으면 좋겠다고 생각했다.

그렇지만 그들은 몇 분 동안 토템을 쳐다보고 있었다.

피터는 잘 못 본 것이라고 허세를 부리고 싶었지만, 입이 떨어지질 않았다.

빌은 피터가 지금 나침반을 가지고 있다면 빌은 문을 열지 않고 둘과 함께 강으로 도망치고 싶었다.

이윽고 빌이 오두막으로 다가가 문고리를 잡았고 타닥거리며 꺼져가는 화롯불이 조금씩 그들 앞에 비춰었다.

끼이이이이익

빌이 문을 거의 다 열었을 때 문이 벌컥 열렸고 그는 비명도 지르지 못하고 뒤로 나자빠졌다.

빌은 두 팔로 얼굴을 가렸고 피터와 애니도 오두막에서 좀 더 떨어져서 낡은 오두막 문을 바라보았다.

문을 열고 나타난 것은 방금 잠에서 깬 듯 눈을 찡그리고 있는 캐서린이었다.

캐서린은 나자빠져 있는 빌과 놀란 눈으로 자신을 바라보고 있는 애니와 피터를 쳐다보았다. 빌은 그녀의 뒤로 오두막의 천장을 바라보았지만, 오두막 위에 박혀 있던 토템은 온데간데없었다. 마치 그들이 착각한 것처럼. 여전히 기분 나쁜 새들이 천장에 매달려 있을 뿐이었다.

"비 오는데 왜 다 기어 나와 있어? 산타클로스라도 왔어?"
"…아무것도 없어?"
"재수 없는 오두막밖에 뭐가 더 있어? 들어와, 뭐 하는 거야?"

피터가 그녀의 뒤로 고개를 내밀며 천장을 바라보았고, 아무것도 없다는 것을 알고 그들은 다시 오두막 안으로 들어왔다.

분명 천장에 있던 것은 사라졌지만 애니와 피터는 조심스럽게 들어가면서 천장을 훑어보았다.

빌이 피터의 젖은 침낭을 들고 와 오두막에 내려놓았고 철퍽하는 소리와 함께 바닥에 떨어졌다.

빌과 애니, 피터는 화롯가 주변에 앉아 멍청하게 불을 바라보았다.

"땔감을 더 넣어야 되는 거 아냐? 부탁해, 빌."

캐서린은 그들이 밖에 나가 젖어서 온 것은 관심도 없다는 듯이 땔감을 더 넣어달라고 말하고 침낭 안으로 들어갔다.

빌은 땔감을 넣은 후, 피터를 쳐다보면서 비장한 얼굴로 말했다.

"날이 밝으면 무슨 일이 있어도, 우리가 왔던 남서쪽으로 가야
돼."

"피터… 나침반 가지고 있지?"

"내 주머니에서 단 한 순간도 빼지 않고 있어."

피터는 주머니에서 나침반을 꺼내 빌에게 보여주었다. 애니는 덜
덜 떨면서 말했다.

"여기에서 잠들면 다시 그게 나올 것 같아서 두려워…"

"애니… 아침이 되면 바로 남서쪽으로 달릴 거야… 일단 지금은
몸을 녹이자."

"10분 정도 밖에 있었던 것 같은데… 온몸이 차가워."

온몸이 축축했기 때문에 빌과 애니, 피터는 옷을 벗어서 의자나
바닥에 내려놓았다. 그리고 몸이 어느 정도 마른 후에는 옷을 갈
아입고 텐트를 덮었다.

이런 소란이 벌어지는데도 잠귀가 어두운지 다니엘은 깨지도 않
고 자고 있었다. 빌은 천장을 바라보면서 작은 목소리로 말했고
그의 말을 들은 피터는 나지막이 중얼거렸다.

"이제 더 이상 여기에 있고 싶지 않아."

"숲에 나오는 귀신같은 건 없다고 생각하고 있었어…"

"피터, 우린 여기서 나가는 데 집중해야 돼… 내일 한 끼 먹을 식량 밖에 없어… 내일 걷는 게 아마 마지막일 거야, 제대로 방향을 잡아 나간다고 해도, 여길 나가서 숙소로 가는 길은 굶으면서 가는 길이야… 배가 고프면 길을 찾는 건 더 힘들어질 거고… 그 전에 강을 건너야 해."

텐트를 덮고 화롯불을 쬐니 그들의 몸은 점점 따뜻해졌다.
그리고 아직도 들려오는 끔찍한 새소리 속에서 잠이 들려고 할 때 문을 두드리는 소리가 들렸다.

쾅쾅쾅

그 소리에 캐서린과 다니엘도 비몽사몽한 채 일어났고, 텐트를 덮고 잠을 청하던 애니와 빌, 피터도 벌떡 일어나 앉았다.

쾅쾅쾅쾅쾅

"실종 신고를 받고 왔습니다! 계세요?"

애니가 일어나 문을 열려고 하자 빌이 그녀의 팔을 잡고 만류했다.

"문 열려 있어… 잠금장치 같은 게 없다고…"

"우리가 조난당한지도 모르고 있을 거야. 겨우 3일 밖에 안 됐어, 우리가 계속 여행을 하고 있다고 생각할 거야."

피터도 빌의 말을 거들었다.

애니는 놀란 눈으로 문 쪽을 바라보았고 빌은 의자 밑에 널브러져 있는 산탄총을 집어 들었다.

빌은 산탄총 안에 두 발이 장전되어 있는 것을 다시 확인했다.

쾅쾅쾅쾅

"신호 받고 왔습니다!"

캐서린과 다니엘도 멍하니 누군가 문을 두드리는 소리를 듣기만 하고 있었다. 애니는 머리를 숙이고 귀를 막았지만, 문을 두드리는 소리는 계속해서 오두막 안에 울려 퍼졌다.

"쉼터를 관리하는 사람일 수도 있네."

"여기에 왔을 때도 거의 5년은 방치해둔 것 같았는데 말도 안 되는 소리하지 말아요, 다니엘… 그리고 문 열려 있어요."

다니엘은 피터의 말에 자리에서 일어나려다 멈칫하고 다시 앉았다.

그러나 피터가 다니엘을 제지하는 사이 캐서린은 이미 성큼성큼 걸어가 문 앞에 서 있었다.

"왜 그러고 있어? 구하러 왔다고 하잖아!"

"캐서린 문 앞에서 비켜, 절대 손잡이 돌리지 마!"

"왜들 그래? 뭐라도 들고 있나 보지, 난 문 열 거야."

빌이 다급하게 그녀를 부르면서 만류했지만 캐서린은 막무가내였다. 그가 그녀 쪽으로 다가간 순간, 캐서린은 손잡이를 돌렸다. 그 순간 문을 두드리는 소리는 물론 화롯불 타는 소리를 제외하고는 아무런 소리도 들리지 않았다.

그렇게 오두막을 때리던 빗줄기 소리도 그들을 소름끼치게 옭아 매던 며칠 동안 잠시도 끊이지 않고 들려오던 새 소리마저 들리지 않았다.

갑자기 아무 소리도 들리지 않자 그들은 무언가 잘못되었다는 것을 알았다.

문을 연 캐서린은 그 자리에 서서 움직이지 않았다.

이제는 귀에 익숙해져 버린 그 소름끼치는 새 소리가 다시 들렸으면 좋겠다고 생각했다.

밖에는 시커먼 새 한 마리가 배를 뒤집고 죽어있었다.

방금 전까지 살아있던 것처럼 부르르 떨며 최후의 경련을 하고 있었다.

캐서린은 잡았던 문고리를 다시 닫았다.

그 순간 숲의 저 깊은 곳에서 웃음소리가 들려왔다.

마치 악마가 비웃는 듯한 저음의 웃음소리는 바람에 나뭇잎이 부딪히는 소리와 비슷하게 들렸지만 분명 숲의 안 쪽에서 들려온 소리가 오두막에 울려 퍼졌다.

다니엘은 흠칫 놀라서 어깨를 떨었다. 빌은 의자를 잡고 화롯가로 돌아가려다 넘어졌고 그 넘어지는 소리에 자신이 한 번 더 놀랐다.

캐서린은 거의 기다시피 해서 화롯가 앞으로 왔다.

화롯불마저 꺼지면 어둠 속에 있을 것이라 생각이 들어 빌은 땔감을 마구 처넣었다. 그리고 거의 경련하듯이 떠는 애니를 안아주었다. 그들은 모두 화롯가 근처에 붙어 앉았다. 캐서린은 피터 옆에 바싹 붙었고 다니엘도 믿을 수 없다는 표정을 지으며 화롯가 근처에 몸을 웅크리고 앉았다.

몇 분 동안 그들 사이에 정적이 흘렀고, 피터가 작은 목소리로 말을 꺼냈다.

"빌… 아침이 되려면 얼마나 남았어?"

"…3시간 남짓, 아니 숲이 밝아지려면 4시간은 기다려야 할 거야…"

캐서린은 거의 피터에게 매달리다시피 하고 있었고, 방금 일어난 일을 두 눈으로 보고도 믿지 못하는 것 같았다.

"이거… 꿈이지?"

"날이 밝을 때까지 버텨야 돼… 그리고 동이 트면 바로… 미친 듯이 뛰어 나가자…"

빌은 4시를 가리키고 있는 시계를 쳐다보면서 일행에게 말했다.

에니도 빌의 품에서 사시나무 떨 듯이 떨고 있었다. 빌이 그녀를 바라보자 그녀는 작은 목소리로 말을 했다.

"있잖아… 빌, 내가 들고 다니던 일기장 말야…"

"애니, 그 얘긴 나중에 하자."

"아니… 그런 게 아냐, 일기장… 백지야…."

"백지라고… 아무것도 안 써 있어… 첫 페이지부터 끝까지 아무 것도 없어…"

애니는 빌의 옷을 꽉 잡고 있었고 그는 그녀의 작은 어깨를 떨리는 손으로 감쌌다.

빌은 일기장을 들어 안을 살펴보았고, 일기장은 첫 장부터 끝장까지 아무 것도 적혀 있지 않은 백지였다. 일기장에 적혀 있던 일행이 이상하게 변했다는 구절 때문에 애니는 피터와 캐서린에 대한 의심을 하게 되었다.

결국 밖으로 나가기 위한 최선의 판단을 하지 못하고, 빙빙 돌아 오두막으로 오게 된 것이다.

숲이 이렇게 적막한 곳이었던가, 그들을 괴롭히던 새 소리도, 빗 소리도 모든 것이 들리지 않아 마치 귀가 먼 것 같은 느낌이 들었 다. 오두막 안에서 타고 있는 화롯불 소리와 그들의 숨소리밖에 들리지 않았다.

빌은 애니의 손을 아플 정도로 꽉 잡았다. 긴장을 놓아 잠이 들 면 그녀가 없어질 것 같은 느낌이 들었다.

다니엘은 그들이 덮던 텐트를 끌어다가 일행들과 함께 둘렀다. 빌은 날이 밝으면 당장 강물을 건너야겠다는 생각에 다니엘에게 물었다.

"다니엘… 여기에 올 때 건넜던 골짜기… 헤엄쳐서 건널 수 있다 고 봐요?"

"어떻게든 갈 수는 있을 걸세, 그렇지만 물살이 어떨지는 장담할 수 없어, 강물에 떠내려가듯이 가면 반대편에 도달할 수 있을지도 모르겠네…"

"여기에 더 있다간 미쳐버릴 거야."

캐서린은 닫혀 있는 오두막의 문을 쳐다보면서 중얼거렸다. 당장이라도 누군가가 다시 문을 두드릴 것 같았다.

빌은 화롯불에 애니가 가지고 있던 일기장을 던져 넣었다. 순간 불길이 크게 일더니 일기장은 마치 처음부터 없었던 것처럼 금세 타서 없어져 버렸다.

금방이라도 숲이 내는 악마의 웃음소리가 그들을 홀려 햇볕이 들어오지 않는 깊은 곳으로 그들을 데려갈 것만 같았다.

누군가가 오두막에 문을 두드리며 방문한 이후에, 주변에 있는 모든 것이 그들을 노리고 있는 것 같았다.

오두막 안에 화롯불이 비추어지지 않는 곳에는 누군가 서 있는 것 같았고 천장에 매달린 죽은 새들이 괴상한 울음소리를 내며 날아다닐 것 같았다.

오두막에서 숨죽이고 있는 것은 그들만이 아니었다.

그렇게 그들의 귀청을 찢으려고 울던 새들도 악마가 내는 웃음소리가 무서운 듯 숨죽였다. 숲 안에는 아무도 없고, 앞으로도 없을 것이라는 듯이 말이다.

조금이라도 소리를 내면 숲속 있는 무언가에게 들킬 것 같았다.

아니, 그들은 이미 들켰는지도 모른다.

그 무언가가 그들 앞에 찾아와 문을 두드렸으니까 말이다.

이미 오두막 안에 그들과 같이 있고 어딘가에 숨어 그들을 노려보고 있는지도 모른다. 평소에 비과학적인 것이라면 털끝만큼도 믿지 않는 피터는 창밖을 쳐다보지도 못하고 있었다.

화롯불이 꺼지면 자신들을 지켜주는 것이 사라질 것만 같았다.

애니가 들고 다니던 일기장이 백지라는 것을 들었을 때 공포감은 그들을 잠식해갔다.

숲에 놀아났다.

숲에 있는 무언가는 일기장을 쥐어주고 웃으며 우리를 염탐하고 있었던 것이다.

나뭇가지 위에 올라가, 들판 사이에서, 골짜기 위에서 새토템과 같이 우리를 항상 지켜보고 있었다.

여기는 그의 영역이었고, 우리는 계속 헤매면서 공포에 질려 벌벌 떨고 있었다.

그는 바로 삼켜 버리려고 하지 않았다.

천천히 그들이 서로를 의심하고 싸우고 마지막에는 여기에서 나가지 못한다고 느껴 절망하는 것을 바라고 있는 것 같았다.

그는 마지막 한 명이 말라죽어가는 것을 보면서 비웃으며 영혼을 남김없이 집어삼킬 것이다.

빌은 잠이 오지 않았다. 조용히 자는 다니엘을 쳐다보았다.

빌은 무심코 애니가 일기장에 아무것도 쓰여 있지 않다고 했을 때 그의 표정을 보았다.

아무런 감흥이 없는 무표정이었다.

마치 표정을 지어야 하는데 실수한 것처럼 말이다.

애초에 강물에 빠져서 떠밀려간 사람이 흠뻑 젖은 채로 밖에서 하루를 보낸다는 것이 가능한 것인가 하는 생각이 다시 올라왔다. 피터의 주도로 절벽 쪽으로 갔을 때 그가 그들을 어떻게 찾았는지도 의문이었다.

그리고 길을 헤매이다 두 번째로 오두막에 왔을 때는 여기에 잡아두려는 목적을 달성한 듯이 아무런 주장도 하지 않았다. 그들이 하는 판단이 옳기 때문인지 아니면 더 이상 우리가 숲에서 빠져나갈 힘이 없다고 판단해서인지 몰랐다.

한순간의 표정을 본 것만으로 수많은 생각이 빌의 머릿속에서 휘몰아쳤다.

그는 불편한 자세로 자는 일행들을 보며 뜬눈으로 날이 밝을 때까지 기다렸다. 신경이 곤두서 잠들 수 없었기 때문에 자신에게 기대어 자고 있는 애니를 바라보았다.

그녀가 숨을 쉬면서 일어나는 떨림이 빌의 몸에 전해져왔다.

3시간이 지나 손목시계가 7시를 가리켜 날이 어느 정도 밝아지면, 다니엘을 선두로 세우지 않고 피터의 나침반을 받아 앞장서서 숲을 걸어야 한다는 생각이 들었다.

빌도 정신이 의식에서 멀어져 잠이 들려고 할 때쯤, 다니엘이 눈을 부릅뜨고 화롯가를 쳐다보고 있는 것을 발견했다.

다니엘이 손을 화롯가에 가져다 대고 있었다.

그의 손은 물에 퉁퉁 불은 것 같이 부어 있었다. 그는 아무렇지도 않게 불을 쬐었다.

빌은 재빨리 눈을 감았다. 분명 시퍼렇게 불은 손이었다.

어떻게 지금까지 저걸 보지 못할 수가 있었나 하는 생각이 들었고 그의 등에 식은땀이 흘렀다.

빌은 순간 자신의 왼손에 들고 있는 산탄총의 방아쇠에 손을 넣었고 그가 자리에 누운 다음에야 눈을 붙였다.

다음날의 아침은 해가 떠서 희미하게 밝아지기만 할 뿐 화창한 아침이 아니었다.

구름이 가득 낀 하늘은 그들이 나가는 것을 바라지 않는 것 같았고 숲은 보면 볼수록 더 울창해지는 것 같았다.

아무리 기다려도 숲에 해가 떠오르지 않는 것처럼 어두웠다.

애니는 빌에게 기대어 눈을 감고 있었고, 캐서린과 피터도 서로 기대어 정신없이 자고 있었다.

빌만이 잠에서 일찍 깨서 창밖을 보았다.

8시가 넘어감에도 불구하고 창밖에는 어둠이 깔려 있었고, 빌은 모두를 깨웠다.

"애니, 피터, 지금 출발해야 돼."

"빌… 아직 그렇게 밝아지지 않았잖아."

"시계를 봐 피터, 8시 반인데도 밝아지지 않아, 지쳐서 움직일 수 없게 되기 전에 빨리 여기서 나가야 돼. 텐트는 내 것 하나만 챙길게, 여기서 나가서 덮고 잘 용도로, 나머진 다 필요없어. 빨리 출발하자."

피터가 일어나지 못하고 눈을 반만 뜬 채 다시 텐트를 덮었지만 빌은 그를 흔들어 깨웠다. 빌도 피터를 일어나게 했지만, 자기 자신도 비몽사몽하며 눈이 감겨왔다.

일행은 겨우 떠날 채비를 갖추었고 모두가 지쳤다는 것을 알았다.

캐서린이 남은 통조림을 전부 따서 그것을 나누어 먹었다. 빌은 자신에 배낭 속에 있는 남은 비스킷을 애니에게 주었다. 그들의 머리칼은 푸석푸석했다. 간밤에 잠을 설쳐서 기지개를 연신 켰지만 피로가 가시질 않았다.

"젠장맞을, 해가 떴는데도 어떻게 이렇게 어둡지?"

"피터, 나침반 줘."

"내가 보고 갈게, 길도 내가 더 잘 찾잖아, 또 어디 가면 내가 항상 찾았잖아."

"잔말 말고 나침반 내놔, 피터."

"알았어, 총 들고 그런 표정으로 말하지 마… 진정해."

빌은 퀭한 눈으로 나침반을 요구했고 피터는 나침반을 빌에게 건네주었다.

나침반을 들고 앞장서는 빌에게 별 말을 하지 않는 것으로 보아 다니엘도 더 이상 선두에서 걷기 싫은 것 같았다.

빌은 자신이 앞장서고 그의 바로 뒤에 애니가 따라오게 했다.

해가 떴어도 초저녁같이 어두웠고 손전등이 두 개뿐이었으므로 맨 뒤에 오는 다니엘이 하나를 들고 빌이 맨 앞에서 하나를 들고 걸어갔다.

이제 더 이상 헤매면 여기서 끝장이라고 생각한 빌은 이를 악물 었고 발을 옮겼다. 피터나 캐서린도 물에 빠졌던 사람이어서 몸을 확인하면 퉁퉁 불어 있을 것 같았다.

생각하기도 싫었다.

한손에는 손전등을, 한 손에는 산탄총을 꽉 쥐고 수풀을 헤쳐나 갔다. 먹은 것도 별로 없어서 얼마 걷지도 않았는데 숨이 찼다.

어두워서 시야가 제한될 때 산길을 찾는 것은 밝을 때와 확연히 달랐다. 적막이 가득한 숲을 자신의 나이보다 두 배는 더 많이 산 것 같은 나무를 헤쳐서 나가고 있었다.

아무리 나침반에 의지해서 길을 찾아도 나무들 때문에 계속 돌아 가야 했으므로 올바른 방향으로 잘 가고 있는지 감이 잡히지 않았 다.

나무들은 다양한 모양으로 팔을 벌리고 서서 그들을 움켜쥐려고 하는 것 같았다.

잠시라도 정신을 놓았다가는 길을 잃고 영영 돌아올 수 없을 곳 으로 갈 것만 같았다.

아까부터 죽어 떨어져 있는 새가 한 마리도 보이지 않았다.

그 많던 깃털들과 사체들이 하루아침에 없어질 수가 있는지 의아

했다. 깃털 하나조차 보이지 않았다. 지금까지 보았던 새들과 깃털이 다 환각인 것처럼 느껴졌다.

3일 동안 헤매었던 숲과는 전혀 다른 숲을 걷고 있는 것 같았다.

빌은 더 늦기 전에 여기에서 나가야 한다고 생각기 때문에 서둘러 걸어갔다.

오두막에서, 그리고 이 숲에서 조금이라도 멀리 가야 한다.

빌은 가끔씩 보이는 새 토템에 손전등 불빛이 비춰지면 깜짝깜짝 놀랐다. 전날 밤 천장에 매달려고 있었던 토템이 생각났기 때문이었다.

"으헉!"

그 순간 피터가 미끄러지는 돌을 밟고 옆으로 굴러 넘어졌다.

"피터!"
"이런 빌어먹을!"

그의 뒤에서 따라오고 있던 캐서린이 피터를 부르며 일으켰다. 다리를 접질린 것 같았다.

"피터 좀 봐봐."
"젠장! 빌, 괜찮다고. 내버려 둬, 이럴 시간 없어. 난 괜찮으니까 얼른 서둘러."

피터가 걱정된 빌이 다리를 보자고 했지만 그는 다리를 보여주지 않았다. 캐서린이 피터를 부축했고, 빌은 더 이상 피터에게 말하지 않고 다시 나무들 사이로 걸으며 발을 재촉했다.

그들이 오두막을 나와 걸은 지 4시간이 지났을 무렵, 언덕 위에서 물소리가 들렸다.

"다 왔어… 저 골짜기만 넘어가면 다른 사람들에게 도움을 청하자."

"드디어 왔어…"

그의 말에 뒤에서 따라오던 애니가 숨을 몰아쉬며 말했다.

시간은 오후 두 시가 다 되어 가는데 주변은 여전히 저녁같이 어두웠다. 해가 머리 위로 떠 있나 의심스러울 정도였다.

언덕 위로 올라가자 물소리가 생각보다 컸고 빌은 물살이 세지 않을까 걱정스러웠다. 뒤에서 따라오고 있던 애니가 빌 옆에 붙을 정도로 다가와 손을 잡았다.

적막의 숲에 손전등을 비출 때마다 악마의 그림자들이 손전등을 피해 달아나는 것 같았고, 그들이 볼 수 없는 곳에서 누군가가 응시하는 것처럼 느껴졌다.

그렇게 차갑게 불던 바람은 한순간도 불지 않았고 나뭇잎을 흔들며 속삭이던 소리, 끔찍한 새 소리도 전혀 들리지 않았다.

기분이 이상했다.

"빌… 우리가 지금까지 있던 숲과는 다른 숲인 것만 같아…"

"그래도 이젠 다 왔어, 이제 조금이면 이 지긋지긋한 숲을 빠져나갈 거야."

빌은 뒤에 뒤따라오는 이들이 충분히 멀리 떨어져 있다는 것을 확인하고 애니에게 조용히 말했다.

"애니, 뒤에 쳐다보지 말고 내말 들어 봐, 내가 어제 다들 잘 때 다니엘이 불을 쬐는 걸 봤어, 그런데 손이 불어서 핏기가 없었어, 마치 물에 오래 들어가 있었던 것처럼."

애니가 뒤를 쳐다보려고 하자 빌이 손을 꽉 쥐어서 그녀가 뒤를 보지 못하게 했다.

"애니, 내 말 잘 들어, 무슨 일이 있어도 우린 강물을 건너야 해, 어젯밤에 비가 와서 유속이 빨라졌어도 무조건 건너야 돼."

"그럼 다니엘이 이미 죽었다는 거야? 처음에 여기 올 때 강물에 떨어져서?"

"나도 모르겠어… 그렇지만 너도 봤잖아, 어제 우리에게 무슨 일이 있었는지를… 우린 이미 숲에 홀렸어, 해명되지 않는 일이 너무 많아, 이제 다니엘이 죽었든 안 죽었든 상관없어, 여기에서 빠져나가야 돼 확실히 숲에서 벗어날 수 있는 방법은 무조건 물을 넘어 반대쪽까지 가는 거야."

쏟아지는 강물 소리는 점점 커졌고, 그들의 앞에 검은색 강물이 흐르는 골짜기가 나타났다.

시계는 오후 세 시를 가리키고 있었고 빛이 들어오지 않는 골짜기 사이로 강물이 흘러가고 있었다.

생각한 대로 전날 비가 왔기 때문에 유속이 어느 정도 있어 보였고, 강물이 불어 폭이 8미터 정도는 되어 보였다. 아무리 폭이 좁은 곳을 찾아보려고 했지만 보이지 않았다.

강물을 건너기 위해선 절벽을 내려가야 했고, 또 강물을 건넌 후, 다시 절벽을 올라와야 했다. 흔들다리가 끊어져 건널 수 없기 때문에 그렇게 된 것이지만 만약 다리가 있다고 한들 전에 왔던 그 위치를 찾을 수 없었을 것이다.

맞은편으로 건너가려면 절벽을 다시 올라가야만 했다.

문제는 강물에 빠져 젖은 몸으로 미끄러운 바위를 올라가야 한다는 거였다. 물은 콸콸 소리를 내며 바위를 때리며 흘러갔고, 빌은 바로 강물을 건너려고 했지만 망설여졌다.

그리고 강물을 둘러싼 골짜기 위에는 새 토템이 눈을 부릅뜨고 그들을 응시하는 것 같았다. 빌은 저 흉물스러운 조각상 가까이

가는 게 정말 싫었지만, 강을 지나 골짜기를 건너지 않으면 여기
서 나갈 수 없었다.

그들은 골짜기 아래를 손전등으로 비추었지만 물의 깊이나 세기
를 가늠하기에는 무리였다.

빌은 잠시 강물을 쳐다보다가 조용히 그들에게 말했다.

"더 얕은 곳을 찾기엔 시간이 없어, 우리 전부 한계야… 당장 건
너야 해."

"그 말이 맞아, 돌아갈 시간은 이제 없네."

빌의 바로 옆에서 골짜기를 내려다보던 다니엘도 거들었다.

그러나 피터와 캐서린은 탐탁지 않은 듯 서로의 눈치를 보았다.

"빌… 잘 보이지도 않는데 저렇게 컴컴한 곳에 들어가는 건 자살
행위야… 너무 조급해하고 있는 것 같아."

"그의 말이 맞아, 더 얕은 곳을 찾는 게 나을 것 같아, 소리 안
들려? 지금 저 물에 들어갔다가는 바로 쓸려갈 거야, 전과 같은
물살이 갑자기 덮쳐 올 수도 있고…"

피터와 캐서린이 반대하고 나섰지만 빌은 한 치도 물러서지 않았
다. 지금 여길 건너지 않는 것은 숲에 다시 들어간다는 의미였고,
빌은 그것이 죽기보다 더 싫었다.

"쉬운 길 따위는 없어! 주위를 둘러봐, 좌우 보이는 지점 끝이 다 골짜기야! 그렇게 계속 돌다간 더 힘이 빠질 거야, 이 숲에서 죽게 될 거라고!"

피터는 빌의 어깨에 손을 얹고 진지한 표정으로 말을 이었다.

"빌, 진정하고 생각해봐, 분명 방법이 있을 거야. 이건 물 속으로 아무 생각 없이 죽으러 가는 거야."

빌은 어깨에 올린 그의 손을 뿌리치고 소리쳤다.

"무슨 방법? 우린 다 죽어간다고! 애니나 다니엘, 캐서린을 봐! 다 쓰러지기 일보 직전이라고! 왜 저길 못 건너게 하는 건데? 숲에서 빠져나가고 싶지 않은 거야, 어?"
"젠장, 빌! 이성적으로 생각해! 쓸데없는 말 하지 말고 저 밑을 내려다보라고! 물은 무릎 높이만 되어도 성인 남자를 넘어뜨릴 수 있어, 저기 골짜기 밑은 바위투성이일 거야, 들어가서 5초도 안 돼서 바위에 갈려 죽을 거라고! 정신 좀 차려, 빌!"

피터가 다시 빌을 설득하려 다가와 말하자 다니엘이 피터의 말이 끝나기가 무섭게 그를 반박했다.

"생각 좀 해보게, 지금 저기에 가는 것밖에 방법이 없어! 이건 자네도 알고, 자네 친구도 알고 있어, 그런데도 가지 말자고 하고 있는 거고, 빌, 자네를 속이려는 거야, 속여서 여길 못 나가게 할 셈이야!"

"왜, 내가 당신 망상같이 물에 빠져 뒈진 사람이니까?"

"왜 반대를 하는 건지 말해 보게! 길은 하나인데 간다고 말하지 않고 있지 않은가? 아직도 숲에서 헤매이고 싶은가?"

"알려줄까? 왜냐면, 좆같이 당신을 못 믿으니까! 여기 들어온 게 누구 때문이지? 게다가 숲 뒤에 길이 있다면서 헤매게 했고! 당신은 제정신이 아니야!"

피터와 다니엘은 당장이라도 싸움으로 번질 것 같은 논쟁을 계속했고, 빌은 이마를 잡고 고개를 흔들었다.

애니와 캐서린은 골짜기 위에 앉아 있었다. 여기에 오면 바로 내려가서 코스로 돌아갈 줄 알았는데, 코앞에서 피터가 반대를 하자 이제는 화가 치밀었다.

"그건 나도 처음 온 길이어서 그러네, 내가 시팔놈의 모든 숲에 나 있는 길까지 다 알고 있는 줄 알고 있나? 그리고 고집부리는 자네 말 듣고 간 게 어디였지? 절벽이었어! 그리고 이제는 유일한 길까지 못 가게 하고 있지, 빌, 자넬 홀리려는 거야."

"빌! 저기에 미친 듯이 흐르는 강물 좀 봐! 미친 듯이 빠르게 흐르고 있다고! 저기 들어가면 넌 몇 분도 안 돼서 뒤질 거야 빌, 내 말 잘 들어, 저렇게 빨리 흐르는 강물에 들어가라고 하다니… 정신이 나갔어…"

"여기서 제정신이 아닌 건, 죽어서도 산 사람인 척 연기하는 자네들이지, 빌, 여기서 나가려면 딱 하나밖에 없어 빌어먹을, 강물을, 건너는 거고, 아주 간단한 거지!"

다니엘은 빌에게 다가가 그를 설득하려 했지만 피터가 그의 앞을 막아섰다.

"빌, 저 새끼는 널 유혹하고 있는 거야, 여기에 와보니 알겠어, 여기에 뛰어내리는 건 죽음이야, 강물이 입을 쩍 벌리고 네가 오길 기다리고 있는 거라고! 저거야말로 좆같은 시팔놈의 덫이지, 다시 한 번 말하지만 저기에 가는 건 자살행위야!"

피터는 자살행위라는 말에 힘을 주어서 이야기했다. 빌은 이제 혼란스러웠다.
마음 같아선 당장 물을 건너서 맞은편으로 가고 싶었다.

"피터, 낭비할 시간 없어! 그리고 위험하다느니 그런 말 이제 듣기 싫어, 위험한 건 나도 알아, 그렇지만 어쨌든 우리 나가야되고,

길은 저기밖에 없어. 그걸로 저기 들어갈 이유는 충분해. 네가 못 가면 나라도 갈 거야."

빌은 그렇게 말하고는 골짜기를 내려가려고 낭떠러지 쪽으로 걸어갔다. 갑작스러운 그의 행동에 애니가 일어나 다가왔고 그보다 먼저 피터가 빌의 팔을 잡았다.

접질린 발에 체중이 실려 인상을 찌푸리면서도 피터는 빌의 팔을 꽉 잡고 놓지 않았다.

"빌… 제발 가지 마… 죽는다고! 애니도 마찬가지고. 지금 넌 잘못된 판단을 하고 있어. 차라리 절벽을 넘어 나가자. 그쪽으로 가는 게 더 안전할 거야."

"빌, 그는 이미 죽은 사람이야. 널 숲에서 영원히 헤메이게 할 거고, 우린 맞은편으로 건너가서 도움을 받아야 해."

"주둥이 닥쳐! 빌, 몇 년씩이나 된 친구가 아니라 저 사람 말을 믿는 건 아니지?"

"빌, 저런 말로 자넬 홀리는 걸세. 숲에서 빠져나가지 못하게 해서 정신이고 체력이고 다 바닥내려는 거야. 빨리 여기서 나가야 하네!"

빌은 한숨을 쉬고 팔을 잡고 있는 피터에게 짜증스러운 표정으로 말했다.

"왜 갑자기 여기까지 와서 가지 말라고 하는 건데? 여기까지 한 나절을 걸어왔어, 그리고 우린 식량도 떨어졌고, 오늘이 지나면 움직이지도 못할 거야, 너도 알잖아!"

"빌… 저 새끼가 널 죽이려 하고 있어, 분명 저기에 다 밀어 넣고, 우리가 죽는 걸 보면서 킬킬거리며 웃을 게 분명해!"

피터도 빌에게 지지 않고 끝까지 물에 들어가면 안 된다고 주장했고 물러설 생각이 없는 것 같았다.

그들의 논쟁에 캐서린은 갈팡질팡하며 피터 주변을 맴돌았고 애니는 혼란스러운지 조금 떨어져서 앉았다.

그들의 말소리는 숲을 타고 메아리쳐 돌아왔다.

그들이 또 소리를 높이자 애니가 빌에게 소리쳤다.

"빌… 골짜기 밑으로 들어가지 말자… 너무 위험해, 피터의 말이 맞는 것 같아…"

"맨날 그랬지, 그놈의 피터, 피터… 왜 피터의 말이라면 그렇게 잘 따르려고 해?"

빌은 감정이 격해져서 해서는 안 될 말들을 쏟아내었다. 말을 하고 아차 싶었지만, 애니는 이미 그의 말에 감정이 상한 것 같았다.

"빌! 그런 말이 아니잖아! 저 밑을 봐, 상식적으로 생각해도 저기 들어가는 건 자살행위야, 다니엘은 미쳤어!"

애니도 빌과 그들의 논쟁에 짜증이 났는지 그렇게 말하고 아예 고개를 돌려버렸다.

여기에 오기 전까지만 해도 강물을 건너는 것이 최선의 판단이라고 생각하고 있었다. 그렇지만 어두컴컴한 검은 강물을 보자마자 그 확신이 산산이 부서졌다.

빛이 들지 않는 숲의 골짜기는 점점 더 아무 것도 보이지 않게 변해가고 있었고 소리 내어 흐르는 검은색 강은 건너는 것을 허락하지 않을 것 같이 콸콸 거리며 쉬지 않고 흐르고 있었다.

그리고 누구를 믿어야 할지 감이 잡히지 않았다.

마음 같아서는 강물을 건너고 싶지만, 그 강을 건너자고 하는 다니엘은 믿음직스럽지 못했다.

물에 불은 그의 손을 보았고, 그는 여기에 데려온 장본인이었으며 지금은 저 위험한 골짜기 아래로 내려가자고 말하고 있었다.

반면 피터와 캐서린은 돌아가자고 얘기하고 있다. 그들의 이야기도 어느 정도 합리적이다. 날이 어둡기 때문에 방향을 제대로 잡을 수도 없고, 강폭이 넓어서 반대 쪽 강둑까지 무사히 갈 수 있을지 의문이었다.

게다가 유속이 생각보다 센 것 같아서 강을 건너다 날카로운 바위에 부딪혀 죽을 가능성이 높았다. 피터의 말대로 바위에 몸이 갈리는 데 5초도 걸리지 않을 것이다.

그렇다고 해서 강물이 잠잠해질 때까지 기다리거나 남쪽으로 가서 절벽을 오를 수도 없다.

선택을 해야 한다.

친구의 말을 듣느냐, 아니면 수상하기 짝이 없는 처음 보는 사람 말을 듣느냐를 놓고 본다면 답은 명확했다.

그렇지만 숲으로 다시 돌아갔다간 죽을 것이라는 생각이 들었다.

그의 직감이 말하고 있었다.

지금이 숲을 벗어날 마지막 기회라는 것을.

"…일단 잠시만 쉬자."

빌은 골짜기에서 조금 벗어나 근처의 바위에 걸터앉았고, 캐서린과 피터도 그의 근처에 와서 앉았다.

애니도 한숨을 쉬고 그의 앞으로 다가왔다.

빌은 남아 있는 마지막 담배에 불을 붙이고 싶었지만 주머니에 들어있던 라이터가 없어진 것을 알았다. 등산복에 있는 주머니까지 뒤졌지만 라이터는 어디에도 보이지 않았다. 빌은 인상을 쓰며 한숨을 내쉬었다.

다니엘은 그들의 대화가 들리지 않을 만한 조금 떨어진 곳에서 골짜기 아래에 물이 흘러가는 것을 내려다보고 있었다.

빌은 일행들이 어둡지 않게 손전등을 바위에 올려 피터와 캐서린

쪽을 비추게 해 놓았다.

계곡 밑은 지옥으로 들어가는 입구와 같았다.

반대편 골짜기는 손전등으로 비추면 맞은편이 보였지만 다가갈 수 없었다. 또 반대쪽에 보이는 나무 뒤로 들판이 있는지, 숲이 있는지 보이지 않았다.

만약 골짜기를 건너갔는데 고립된 곳이 나오거나, 그들이 들어왔던 들판으로 향하지 않으면 어쩌나 하는 생각이 들었다.

그렇지만 방법은 하나였다.

골짜기 밑에 흐르는 지옥의 아가리로 들어가서 강을 건너고 다시 계곡을 올라 건너가는 것이다.

"우린 당장 저길 건너야 돼, 여기 있다간 가망이 없어, 천천히 죽는 걸 기다릴 뿐이야."

빌은 피터와 캐서린이 앉아 있는 쪽을 보고 말했고, 피터는 앉은 채로 고개를 돌리고 손가락으로 골짜기 밑을 가리키면서 말했다.

"빌, 저 골짜기를 보고 느껴지는 게 없어? 들어가지 말라는 표지판만 없을 뿐이야, 죽는다고…"

"그래서 여기 있으면 뭐가 달라지는데? 시간이 지날수록 힘만 빠지게 될 거야, 당장 엉덩이를 떼고 강을 건너 나가야 돼."

그의 옆에 앉아 있던 애니가 피터의 말을 거들었다.

"빌… 난 솔직히 강에 들어가서 반대편으로 가는 게 맞다고 생각해, 위험을 감수할 만한 상황이고… 근데 다니엘을 봐, 그는 마치 우리가 저기로 들어가는 걸 바라고 있는 것 같아… 너무 꺼림칙해…"

그는 화가 조금 가라앉았는지 천천히 말하다가 애니까지 그의 의견에 계속 반대하고 나서자, 다시 소리를 질렀다.

"좋아, 그럼 여기서 다같이 사이좋게 굶어 뒤지면 되겠네. 독버섯이나 캐서 독버섯 마약파티나 하고!"
"빌… 제발 마지막으로 부탁 하나만 할게… 저기에 들어가지 말아줘, 우린 같이 있어야 돼."

피터가 애원하듯 말했지만, 빌은 들은 척도 하지 않았고 캐서린은 그의 말에 인상을 찡그렸다.

"여기까지 어떻게 걸어왔는데? 다시 망할 놈의 기분 나쁜 오두막으로 돌아가기라도 하겠다는 거야? 다들 정신 나갔구나!"

애니는 무작정 골짜기 밑으로 들어가겠다는 그의 말을 듣다 못해 말했다.

"빌, 다들 걱정돼서 하는 말이잖아, 섣불리 골짜기에 들어갔다가 죽을 수도 있어, 왜 그렇게 막무가내야?"

"그럼 다시 숲에 들어간 다음, 사이좋게 오두막 안에 들어가서 소꿉놀이라도 하면 되겠네, 왜 한 번도 내가 하자는 거에 아무 말 하지 않고 따라와 주질 않는 거야?"

"그럼 자기는 왜 내 말 안 들어? 절벽 위로 올라가지 말라고 했을 때도, 누가 수상하다고 했을 때도 귓등으로 듣는 척도 안 했잖아, 그러면서 이젠 죽으러 골짜기에 내려가겠다고? 왜 그렇게 제멋대로야?"

빌도 골짜기 아래로 내려가는 것이 위험하다는 것을 알았지만, 애니가 피터의 말에 동조하고 있는 것 같아 기분이 나빠서 더 고집을 부렸다.

그는 자기 자신이 애니에게 괜히 예민하게 굴고 있다는 것을 자각하고 잠시 숨을 고르고 그녀에게 말했다.

"애니… 내가 생각이 짧았어… 미안해… 생각해보면 조급해져서 그랬던 것 같아, 근데 빨리 여기서 나가게 하고 싶어서 그런 거야, 옛날에 있었던 일 때문에 힘들어 하고 있잖아…"

"누가 날 위해서 물에 빠져 죽어 달래? 내가 원하는 게 그거인 것 같아? 그리고 미안하다는 소리 듣기도 싫어! 내가 뭐 때문에 이러는지 생각해 보기는 한 거야?"

하지만 애니는 이미 그에게 화가 나서 그의 말이 들리지 않았다.

"왜 안 했겠어, 그러는 자기도 내가 지금 뭘 하려고 하는지 관심도 안 가지잖아!"
"그래서 끝까지 원하는 대로 하겠다는 거야?"

빌은 조금 목소리를 높이려다 애니가 상당히 화가 났음을 인지하고 다시 목소리를 줄였다.
그리고 다음에 할 말을 고르는 듯 조금 생각한 후 다시 말했다.

"알았어, 내가 너무 멋대로 하긴 했어, 인정할게… 애니, 난 이번 여행을 출발할 때부터 네가 걱정됐어, 그리고 무슨 일이 있던 간에 빨리 여기서 나가게 하고 싶었고… 계속 강박증처럼 그 생각에 사로잡힌 거 같아, 그래서 내가 좀 무리했던 거고…"
"……"

캐서린과 피터는 처음에는 둘을 말리다가 애니가 빌에게 소리치는 것을 보고 그들을 쳐다보다가 함께 뒤쪽으로 빠져주었다.
피터는 디니엘이 계속해서 골짜기 밑을 손전등으로 훑는 것을 보고 있었고, 캐서린은 지쳤는지 근처에 앉아 고개를 숙이고 눈을 감았다.

잠시 후, 애니는 어느 정도 화가 풀렸는지 조용한 목소리로 말을 꺼냈다.

"골짜기를 따라가면 건널 수 있는 곳이 있을 거야, 저 밑으로 내려가는 건 말도 안 돼."

"애니… 제발… 다른 쪽으로 갈수록 우리가 원래 가려던 방향과 멀어질 거야… 그리고 건널 수 있는 곳이 갑자기 나오겠어?, 좀 걸어가면 징검다리라도 있을 것이라고 생각하는 건 아니지?"

"왜 그렇게 빈정거리듯이 얘기해? 저쪽으로 가보지도 않았잖아?"

"애니, 우리 지금 당장 나가야 돼."

빌은 화를 참으며 거의 이를 악물고 말했다.

"그럼, 따라오면 되잖아, 같이 얕은 데를 찾아보자는 말이잖아, 나는 뭐 여기 계속 있고 싶은 줄 알아?"

"더 이상 그렇게 시간낭비하면 안 된다고! 제발 이번 한 번만 내 말 좀 들으면 안 돼? 그게 그렇게 어려워?"

빌은 그녀를 설득하려 했지만, 애니도 물러설 생각이 없는 것 같았다. 싸움이 길어지자 다니엘도 그들이 소리를 지르며 싸우는 걸

보고 있었다.

"자기야말로 내 말 들을 생각 추호도 없잖아! 그래 그냥 저 사람
하고 가, 가서 휩쓸려 죽으라고!"

애니는 말이 끝나기가 무섭게 자리를 박차고 일어나며 피터 옆을
스치고 골짜기를 따라가기 시작했다.
피터와 캐서린은 빌의 눈치를 좀 보다가 골짜기를 따라 가는 그
녀를 말리면서 쫓아갔다.
빌도 애니에게 소리를 쳤으나 애니는 발걸음을 멈추지 않았다.

"애니! 애니! 그러지 마! …애니!"

빌은 여기에서 그녀를 놓쳤다간 다시는 볼 수 없을 것이라고 생
각해서 계속해서 그녀의 이름을 불렀다.

"애니, 빌이 아직 저기에 있잖아!"
"골짜기를 내려가는 게 바보같은 생각인 줄 알아채면 따라오겠
지."

피터가 빠르게 걸음을 옮기는 그녀를 말리려 했지만, 애니는 만
류하는 그의 말에 단호하게 대답하고 멈추지 않고 걸어갔다.

피터는 그녀를 진정시키기 위해 따라갔고, 캐서린은 빌이 근처에 둔 손전등을 챙겨 애니를 쫓았다.

"애니! 정말 갈 거야? 애니? 제길!"

빌은 캐서린과 피터 그리고 애니의 뒷모습을 보면서 소리쳤지만 애니는 돌아보지 않았다.

캐서린이 빌을 째려보며 따라오라고 손짓했지만 빌은 그러지 않았다. 피터가 애니 옆에서 뭐라고 말을 하는 것 같았지만, 점점 들리지 않게 되었다.

평소와 같았으면 애니 뒤를 따라가 사과를 하든지 화를 내든지 했을 터이지만, 피터가 붙어 있기 때문에 그러고 싶지 않았다. 항상 피터는 그녀와 자신의 사이에 끼어드는 눈엣가시 같았고, 이런 상황에서도 예외는 아니었다.

빌은 속에서 부아가 치밀어 올랐다.

"그녀를 생각한다면 빨리 여기서 나가서 구조대를 불러오는 게 나을 걸세."

다니엘이 그를 재촉했지만, 빌은 발길이 떨어지지 않았다.

그는 그들이 시야에서 사라지고 나서야 애니를 따라갔어야 한다는 생각이 들었다.

그가 보는 애니는 항상 위태로웠다.

그녀는 매사에 실수가 잦았고, 빌은 애니의 그런 허술함을 좋아했다. 그녀에게는 그에게 부족한 인간미가 있었던 것이다.

빌은 금세 자신이 잘못했다는 생각이 들었다. 그녀를 찾아야 한다고 생각했다. 골짜기를 뛰어서 그녀를 찾고 용서를 빌어야 했다.

그녀가 없으면 그는 아무 것도 아니었다.

애니와 싸우면서까지 골짜기를 건너야겠다는 생각을 한 자기 자신이 원망스러웠다.

자신이 너무 충동적으로 행동했다는 생각이 들었고, 그 내면의 충동이 원망스러웠다.

"내가 먼저 내려가겠네, 비도 왔던 상태라 정말 위험해, 자네도 그걸 알고 내려가는 거겠지만… 내가 짚은 장소를 잘 보고 따라오게"

"다니엘… 아무리 생각해도 안 되겠어요… 지금 가서 그녀를 찾아야겠어요."

"빌! 지금 가지 않으면 기회가 없어! 골짜기를 내려갈 힘도 남지 않을 거야."

"미안해요, 죽어도 애니 옆에서 같이 죽겠어요, 무사히 건너편에 가셔서 나가게 되면 구조대에 말해주세요."

다니엘은 손전등으로 빌이 서 있는 골짜기를 비추고 있었고 빗방울이 조금씩 떨어졌다.

멈추었던 비가 다시 오려는 것 같았다.

지금 골짜기를 건너지 않는다면 강을 건널 수 없게 될 것이다.

"손전등은 가져가세요, 다니엘. 저보다 더 필요할 거예요."

다니엘은 부자연스러운 몸짓으로 목을 돌려 빌을 쳐다보았다.

그는 무언가 잘못되었다는 생각이 들었다.

비가 조금씩 땅을 적셔갔고, 빌의 마음 속은 공포감으로 축축이 젖어가고 있었다.

그는 누군지도 모르는 사람과 둘만 남은 것이다. 그리고 그것은 자신의 실수로부터 비롯된 것이었다.

애니와, 일행과 떨어져서는 안 되었다.

다니엘은 그와 몇 미터 정도 떨어진 고지대에 서 있었다. 날이 어두웠지만 얼굴이 보이지 않을 정도가 아닌데도 그의 얼굴은 보이지 않았다.

빌은 소름이 돋았다.

애니가 갔던 골짜기 쪽을 바라보았지만 그런다고 애니가 돌아오는 것은 아니었다.

다니엘은 기다리고 있었던 것이다.

빌이 혼자가 되어 자신과 둘만 남을 때를 말이다.

추운 날씨에 식은땀이 등을 타고 줄줄 흘렀다. 빌은 다니엘을 보며 괜찮냐고 물었다.

그렇지만 돌아오는 대답은 다른 것이었다.

"…빌, 어떻게 새들이 사람들의 영혼을 빼앗는지 아나?"

"죄송해요, 다니엘… 지금은 그런 말…"

다니엘은 빌의 말을 끊고 말을 이었다.

"새는 아는 사람을 흉내내서 앞에 나타나네… 아주 미묘한 차이
밖에 없어서 겉으로 보기엔 원래 있던 사람과 아무런 차이도 안
나는 거야, 그리고 그렇게 타인을 흉내내는 새는 그들을 홀려 아
주 깊은 숲으로 영혼을 데려가는 거야… 그리고 그 영혼은 숲에서
끊임없이 헤매게 되는 걸세…"

빌의 귀에 그의 음성이 점점 더 괴상하게 들리기 시작했다.

이제는 몇 방울 씩 떨어지는 비가 쏴아아아 하고 세차게 쏟아졌
다.

골짜기의 물이 벌써부터 거세지는 듯 물살 치는 소리가 커지는
것이 들렸다. 축축한 들판에 비바람이 스쳐 지나갔다.

빌의 몸은 애니가 간 방향 쪽을 향해 있었고, 목을 돌려 다니엘
을 쳐다보았다.

다니엘은 쇳소리가 섞인 음색으로 그에게 천천히 말했다.

"아직도… 강을 건너면 숲을… 빠져나갈 수… 있다고… 생각하나?"

비는 바위와 들판을 다니엘과 빌의 위로 떨어졌다.
비가 오는 소리가 온 지면에 퍼졌지만 다니엘의 말만큼은 똑똑히 들렸다.
빌은 손에 든 산탄총의 방아쇠에 손가락을 넣었다.
순간 천둥번개가 쳤다.
번쩍하고 빛이 나는 순간 보인 다니엘의 얼굴은 새까만 악마였다. 그리고 번개의 빛이 사라지면서 악마가 들고 있는 손전등의 불은 꺼져버렸다.
빌은 놀라서 그의 반대편으로 기어가듯이 달려가려고 하다가 젖은 풀을 밟고 골짜기 쪽으로 미끄러졌다.

"허윽…"

빌의 모습은 골짜기 위에서 더 이상 보이지 않았다.
골짜기로 빗물이 흘러내렸고 빌은 골짜기의 끝에 매달려 있었다.
숲에서 인간이 내는 것 같지 않은 굵은 저음이 울려퍼졌다.
산탄총은 어둠속으로 미끄러져 들어가 거센 물살에 첨벙 소리를 내면서 빨려 들어갔고 그는 한 손으로 절벽 끝을 잡고 버티고 있었다.

미끄러지는 것은 시간문제였고, 여기저기 까진 손바닥과 손가락은 점점 바위에서 미끄러지고 있었다.

그는 필사적으로 발 디딜 곳을 찾았지만 무딘 신발은 미끄러지기만 했다.

칠흑 같은 하늘 아래서 아무것도 없는 지옥의 아가리에 삼켜지는 것 같았다.

비가 그의 머리로 쏟아졌다.

이제 비는 지긋지긋했다.

손에 힘이 조금씩 풀리면서 아주 조금씩 바위에서 손이 미끄러졌다.

그는 기합을 넣으며 계속해서 반대쪽 손을 뻗었지만 실패했다.

골짜기는 그가 마지막으로 발버둥 치는 소리마저 삼켜버렸다.

애니 일행은 갑작스런 비에 일단은 골짜기 쪽에서 떨어져 나무 밑에 앉았다.

애니는 빌이 보고 싶었다. 자기도 너무 제멋대로 말했다는 것을 알고 있었다. 빌은 애니와 관련된 일이라면 필사적이었다. 성격도 급해서 항상 어떤 일이 일어나기 전에 챙겨주려고 했고 자신은 아무렇지 않은데 오히려 빌이 안절부절못했다.

그녀는 그런 빌이 좋았다.

빌은 자신이 힘들어하고 있으면 항상 와서 그녀의 투정을 들어주었고 길을 걸으며 항상 손을 잡아주었다. 오랜 연애를 하며 할 말 못할 말을 다 했지만 그는 특유의 재치와 유머로 받아쳐 주었다.

그가 좋았다.

만약 이런 상황이 아니었다면 그는 바로 쫓아와서 싸우건 화해를 하건 옆에 있어 주었을 것이다.

그녀는 후회했다.

빽빽한 숲에서 빌이 다시 자신을 찾을 수 있을 것 같지 않았다. 굵은 나무 밑에 있었지만 나뭇가지가 비를 다 막아주지 않았다.

정신없이 걷다 보니 배가 고픈지도, 발뒤꿈치가 까져 있는지도 몰랐다.

해가 이미 져버린 것인지 아니면, 해가 뜨지 않은 것인지 그녀가 들고 있는 손전등에서 나오는 빛을 제외하고는 칠흑 같은 어둠이 숲에 드리워져 있었다.

숲 쪽으로 5분만 더 걸어가도 금세 길을 잃을 것 같았다.

자신이 그토록 두려워하던 숲에 자신의 발로 걸어가는 것으로 내 유년기 때 가졌던 트라우마를 극복 할 수 있을 것이라고 생각했다.

하지만 그건 오산이었다.

그녀는 아주 오래전부터 숲 속에 갇혀 있었고 지금도 여전히 숲 속에서 나가지 못하고 있었다.

앉아 있는 나무줄기가 딱딱하고 축축했지만 자리를 바꿔 앉을 힘마저 남아있지 않았다.

피터와 캐서린은 서로 기대어 앉아 있었고 우비를 입고 있었지만 우비 모자를 쓰지 않았다. 이미 온몸이 다 젖어 있었기 때문에 우비를 입으나 마나 똑같았다. 갑자기 동굴이라도 나타나지 않는 이상 몸을 다시 말리기는 무리였다.

여기까지인 것 같았다.

마지막 순간에 빌이 곁에 있다면 좋겠다는 생각이 들었다.

애니는 자신이 따라온 골짜기를 바라보았다.

금방이라도 빌이 애니를 부르며 달려올 것 같았다.

그녀는 온 몸이 차가워지는 것을 느꼈다. 자꾸만 잠이 왔다.

"애니-"

순간 숲에서 그녀를 부르는 소리가 난 것 같았다.

애니는 벌떡 일어나 소리가 난 방향의 나무 사이를 둘러보았다.

"지금 무슨 소리 들리지 않았어…?"

"글쎄?"

애니는 귀를 쫑긋 세우고 캐서린에게 물었다. 피터는 기댄 채로 아무 말도 하지 않았다.

대답할 기운이 없어서 입을 닫고 있는 것이라고 생각했다.

"애니—"

숲 멀리서 소리가 들려왔다.
아까보다 소리가 더 커진 것 같았다.

"들어봐!"
"—애니!"
"빌? 여기야!"

그녀는 마지막 남은 힘을 쥐어짜서 소리가 들린 방향으로 소리쳤다.
지금 빌을 만나도 상황이 나아질 것이라 생각하진 않았지만, 그를 빨리 만나야 한다는 생각이 들었다.

"빌!"
"애니—"

그녀는 저 멀리서 손전등 불빛이 흔들리는 것을 보았다.
애니는 자리에서 일어나 빗줄기를 뚫고 빌의 이름을 부르며 빛이 흔들리는 방향으로 뛰어갔다. 그럼에도 피터와 캐서린은 큰 나무 밑에 앉아서 미동도 하지 않고 있었다.

"빌! 빌!"

그녀는 숲 안쪽으로 무작정 달렸고, 불빛은 흔들리며 가까워졌다.

애니는 눈이 부셔서 손으로 손전등 불빛을 가리고 앞에 있는 사람을 보았다.

빌이 아니었다.

청색 패딩을 입고 손전등을 들고 있는 이가 애니의 손을 덥석 잡았다.

"누구야…?"

애니는 손을 뿌리치려 했지만, 그는 쉽사리 놓아주지 않았다.

"애니! 드디어 찾았어!"
"제임스…? 어떻게 여기에…"

믿을 수 없었지만, 손전등을 들고 그녀의 이름을 부르며 다가왔던 것은 이 여행을 그토록 반대했던 동생 제임스였다.

"빌한테 여행가기 전날에 전화해서 물었어, 어디에 가냐고… 빌도 처음에는 알려주지 않았는데 내가 계속 알려달라고 졸라서 마지못해 알려준 거야."

"제임스… 어떻게 여기에 있는 줄 알았어? 간다고 말했던 코스도 아닌데…"

그녀의 앞에서 말을 하고 있었지만, 아직도 제임스라는 것이 믿어지지 않아서 눈을 깜박이면서 계속 그를 쳐다봤다.

"누나가 출발한 곳에서 다음 숙소까지의 중간지점에 마을이 있어. 헬기를 매수해서 마을에서부터 출발했어. 누나가 출발한 지 하루가 지난 후에 마을에 도착했기 때문에 한나절 정도 코스로 걸으면 만날 것이라고 생각했어."

"그래도 어떻게 이 숲에 있다는 걸 안 거야?"

"빌이 누나가 숲을 두려워하니까 들판으로만 다닐 것이라고 말했거든, 그래서 들판을 뒤지는데… 아무리 근처를 찾아도 없더라고, 그러다가 들판에 불을 피우고 야영을 한 흔적을 찾았어, 급히 떠난 듯이 물건을 다 안 챙겨 갔더라고."

그는 주머니에서 애니의 이름이 쓰여 있는 다이어리를 보여주었다.

애니는 바로 제임스를 안아주었고, 제임스는 이제 괜찮다며 그녀를 위로했다.

"또, 주변 지도를 보니 마침 여행자 쉼터가 근처에 있더라고… 혹시 하는 생각이 들었지, 이 숲에 들어와서 오두막 안에 얼마 전에 불을 피운 흔적을 보았고, 여기 어딘가에 있다는 확신을 했어."

"그래도 이 넓은 숲에서 찾다는 보장도 없었을 텐데… 제임스… 미안해 내가 가는 게 아니었어…"

"진정해 애니, 꼴이 말이 아니야… 일단은 어디 들어가서 좀 쉬어야겠어, 마음 같아서는 바로 출발하고 싶지만, 돌아 나가려면 한나절은 걸어야 돼, 같이 온 사람들은 어딨어?"

그들은 애니가 왔던 길을 돌아가 그녀가 쉬고 있던 나무로 향했다.

제임스는 돌아가면서 그녀에게 빵 하나를 건넸다. 애니는 숲을 걸으며 정신없이 입에 넣었다.

마실 물이 없었지만 그런 건 중요치 않았다.

"캐서린! 피터! 제임스가 왔어!"

"빌은 같이 안 있는 거야?"

"…어쩌다 보니 떨어져 있게 됐어."

"식량도 체력도 거의 떨어졌을 텐데… 혼자 두면 위험해."

"괜찮아, 가이드 한 명이랑 같이 있어, 아… 빌을 그 사람하고 둘만 남겨 두었어."

애니는 이제서야 다니엘과 단 둘이 남아 있는 빌이 걱정되기 시작했다.

그녀는 제임스와 함께 방금 전까지 비를 피했던 나무에 도착했다. 그리고 나무 밑을 보면서 애니는 자신이 뭔가를 착각했나 싶었다.

거기에는 자신이 두고 갔던 손전등만 덩그러니 놓여 있었다. 그리고 새 두 마리만 깃털을 잔뜩 흩뿌린 채 죽어 있었다.

"…어디 간 거야?"

애니의 머릿속에 어떤 생각이 스쳐갔다.

피터와 캐서린도 숲에 들어오자 미묘하게 달라졌었고, 자기를 홀리려는 것들일지도 모른다는 사실 말이다.

"방금까지 여기서 비를 피하고 있었어… 제임스, 일단 우리 먼저 가자"

"그 둘 찾아야 되지 않아? 방금까지 여기 있었으면, 근처에 있을 텐데… 이 밤에 계속 비를 맞으면 죽을 거야."

"네가 모르는 게 있어… 있잖아… 그 사람에 대해 모든 걸 안다고 생각했는데 갑자기 다른 사람처럼 느껴진 적 있어?"

"같이 마약했을 때를 제외하고 말하는 거지?"

애니는 캐서린과 피터에게 느꼈던 위화감을 설명하려 했지만, 제임스는 제대로 듣질 않는 것 같았다.

"그런 걸 말하는 게 아냐! 겉은 그 사람과 같은데… 본질적으로는 다른 사람인 거지, 껍데기만 뒤집어 쓴 것 같은…"
"그게 뭐… 무슨 말이야? 숲에서 누가 갑자기 칼이라도 휘둘렀어?"
"피터와 캐서린에게 이상한 느낌을 받았어… 하는 행동은 다 그 사람인데… 무언가 위화감이 드는…"
"알았어, 애니 진정해, 지금 많이 힘든 것 같아… 우선 오두막으로 피하자, 여기서 더 비를 맞으면 체온이 더 떨어질 거야…"
"짐, 그 전에 빌을 찾아야 돼, 골짜기 근처에서 헤어졌어, 그쪽으로 가야 돼…"

애니는 남은 빵을 비가 닿지 않게 먹으려고 했지만 축축하게 젖는 것은 어쩔 수 없었다. 그런 걸 걱정할 새도 없이 입에 다 털어 넣었고, 제임스가 그녀 앞에서 지도를 손전등에 비추며 앞장서서 걸었다.

애니는 체력적으로 한계였다. 체온도 많이 떨어졌고 온몸의 체온이 계속해서 내려가고 있었다. 그래도 골짜기를 뒤져서 빌을 찾고 싶었다. 캐서린과 피터가 제임스와 이야기를 나누는 몇 분 남짓한 사이에 없어져 버린 것이 제임스가 그녀를 찾아 왔기 때문일 거라는 생각이 들었다.

아무렴 이제 어찌됐든 상관없었다. 그의 동생인 제임스가 그녀를 안내했고, 그녀는 새로운 가이드를 따라 깊은 숲에서 골짜기를 향해 한 발자국씩 내딛고 있었다.

지도를 보여 달라고 해서 보고 싶은 마음도 있었지만 지친 그녀는 빨리 쉬고 싶다는 생각밖에 들지 않았다.

빌이 강물을 건넜을까 하는 생각이 들었다. 그가 강물을 건너다 바위에 다치는 상상이 계속해서 반복되었다. 그녀의 머릿속에서 수십 번, 수백 번도 더 그를 잃고 있었다.

비가 숲을 적셨다.

바람이 나뭇잎을 뒤흔들고 나무들을 휘청거리게 했다.

숲의 이끼가 낀 돌은 일부러 그녀를 넘어뜨리려 하는 것 같았고 흙은 그녀의 발목을 잡으려 하는 것만 같았다.

빌과 헤어진 골짜기까지 얼마 안 되는 거리였지만 발이 저려왔고 주변에 간간히 보이는 버려진 텐트 안에 들어가서 쉬고 싶었다.

제임스도 같은 생각을 한 듯이 텐트 들을 살펴보았지만, 대부분이 침수되어 들어갈 수 없는 상태였다.

"그런데 캄캄한 숲에서 어떻게 골짜기 쪽에 있는 걸 알았던 거야?"

"오두막에서 반이 찢어진 지도가 있는 것을 봤어, 일단 지도가 표시 되지 않은 지역으로 숲을 나가면 여기서 더 멀어질 테고, 여기서 나가려 한다면 절벽을 오르거나 강을 건너려 했을 테니까…"

"제임스… 너 엄청 예리하구나, 놀랐어."

"놀리는 거야? 어쨌든 누나가 잘 빠져나갔다면 다행이지만, 여기 지도도 잘못 되어 있고, 헤매기 십상인 숲이라서 걱정이 되더라고… 그래서 최대한 빨리 찾아 나섰어, 이미 절벽을 올라서 나갔을 수도 있다고 생각했지만, 일단은 절벽 쪽을 따라다니면서 뒤졌어… 그리고 그 다음 순위는 골짜기 근처 강가였지, 정말 포기하기 직전이었어."

"지도가… 있어?"

"혹시 몰라서 주변 숲까지 상세하게 나온 지도를 구했어… 지도만 10장이 넘어. 알아, 무슨 생각 하는지, 누나 여행 가는데 따라와서…"

"아냐 오히려 고마워… 제임스 네가 아니었음 벌써 비를 맞아 몸이 차갑게 식어서 죽어가고 있었을 거야, 물론… 계속 여행에 따라오는 건 좀 그렇지만."

"그나저나 아무리 관리가 안 됐다고 하지만, 쉼터에 찢어진 지도가 걸려있는 건 좀 아닌 거 같아… 정말 지도 한 장 때문에 죽을 때까지 헤맬 수도 있는 거잖아."

"우리도 계속 헤맸어. 가이드가 있었는데… 그 사람조차 나가지 못하고, 다시 오두막으로 돌아왔어… 그렇게 되니까… 분명 숲에 홀렸다고 생각했거든."

"분명 누나가 숲에 홀렸다는 말을 제일 많이 했을 거야."

"제임스, 난 담담했어, 아주 담담하게 합리적으로 판단했지."

"빌한테 물어보면 바로 밝혀질 걸 왜 거짓말을 해?"

"지도나 잘 보고 걸어, 몸이 젖으니 추워 죽겠어… 근데 어느 방향에서 온 거야? 지도가 찢어진 쪽에 길이 있어?"

"절벽을 올라갈 수 있는 길이 있어, 좀 험하고 먼데다가 돌아가는 길이지만 말야, 못 만나는 줄 알았어… 절벽을 오르지도 못하고 흔들다리도 없는데, 강물에 뛰어들어 건너려고 할까 걱정도 되고."

애니는 갑자기 제임스의 뒤에 붙어 따라가다가 걸음을 멈추었다.

계속 그녀의 머릿속에서 뭔지 모를 위화감이 신호를 보내고 있었다.

그녀는 수풀을 헤쳐나가는 제임스의 뒷모습을 보면서 떨리는 목소리로 말을 했다.

"제임스… 절벽에 뒷편에 있는 길에서 내려온 거 아니야? 그쪽 길로 내려와 오두막에 갔었던 거고, 또 우리를 찾으러 남쪽으로 가서 절벽을 따라서 내려와 골짜기 주변을 뒤진 거고…"

"…그렇지."

"근데 흔들다리 끊어진 걸 어떻게… 알았어…?"

애니의 앞에서 비를 맞으며 걸어가던 등이 걸음을 멈추었다.

애니는 숨이 막혔다.

둘은 숲 속 한복판에 멈추었고, 정적 속에서 빗줄기가 나무에 떨어지는 소리만 들려왔다.

그리고 애니는 제임스의 옷이 마치 방금 세탁소에서 빨아온 듯 진흙 한 점, 얼룩하나도 묻어 있지 않았다는 것을 알았다.

왜 몰랐을까, 누구건 여기에 오는 건 불가능하다는 것을.

길을 잃은 지 4일째였다. 도착해야 할 숙소도 아직까지 그들이 없어진 줄도 모를 것이다.

어림짐작으로 제임스가 여기까지 찾아와 이 넓은 지역을 다 뒤진다 해도 아직 찾아내지 못했을 것이다.

알고 있었다.

그래도 마음 한 구석에서는 희망을 품고 있었는지도 모른다.

동생이 혹시 여기에 와서, 말도 안 되는 일이지만, 우연히 우리가 향한 숲에 들어와서 숲을 뒤졌고, 우연히 죽기 직전의 자신을 발견했다고 말이다.

제임스는 애니를 숲 깊은 곳으로 데려가고 있는 가이드였다.

그는 소기의 목적을 달성한 것이다.

그녀를 죽음으로 더 가깝게 몰아넣는 데 말이다.

애니는 뒷걸음질쳤다.

20년 넘게 들었던 동생의 음성이었으며, 동생의 대화방식이었으며, 동생의 습관까지 닮아있었다.

온몸이 떨렸다.

비가 오는 숲 한가운데에 제임스와, 아니 제임스로 변장한 것과 그녀뿐이었다.

제임스는 비를 맞으면서 미동도 하지 않았다.

그의 옆에 있던 새 토템들처럼, 나무들처럼, 불규칙한 바위들처럼 원래 그곳에 계속 있었던 것처럼 말이다.

애니는 뒷걸음질치다가 돌에 걸려 넘어졌고, 움직이지 않는 제임스에게서 등을 돌려, 쉴새없이 퍼붓는 비 사이로 미친 듯이 달렸다.

그녀는 나침반을 가지고 있지 않았고 지도도 없었다.

자기 자신이 어디에 있는지도 몰랐고, 간신히 손에 잡고 있는 손전등으로 나무 사이를 비추고 헉헉거리며 달리고 있었다.

어디라도 좋았다.

숲에서 나갈 수 있는 곳이면 말이다.

하지만 숲은 그녀를 놔주지 않을 것 같았다.

금방 숨이 턱까지 차올랐다.

근처 나무에 멈춘 그녀는 기대어 속을 게워냈다. 목구멍에서 흙이 쏟아져 나왔다. 제임스가 건네준 달콤한 빵은 흙으로 변해 나무 밑에 쏟아졌다. 그녀는 콜록콜록 기침을 하고 토한 나무 기둥 근처에 주저 않았다.

거울로 보지 않아도 체온이 상당히 내려가 입술이 푸르스름해졌을 것이다. 그녀의 긴 금발머리는 얼굴에 여기저기 달라붙었다.

숨을 몰아쉬고 있었다.

"애니— 애니— 어디야! 애니—"

숨을 몰아쉬며 나무 밑에 있던 그녀는 또다시 누군가 자신을 부르는 소리가 들리자 힘을 쥐어짜 소리를 내려다 자신의 입을 틀어막았다.
그리고는 위에 서 있던 나무뿌리 밑으로 들어가 재빨리 손전등을 껐다.
다시 자신이 죽을 때까지 가이드 역할을 할 이가 찾아올 것이다.
발자국 소리가 나무 밑둥 근처까지 찾아왔고 그녀의 등 뒤 뿌리 위에 빌이 서 있었다.

"애니— 내가 잘못했어, 어디 있어! 애니—"

빌이 그녀를 부르는 목소리는 비 오는 숲을 울리고 메아리가 되어 돌아왔다.
그는 나무 밑둥에 서서 그녀를 부르고 있었다.
당장이라고 나가고 싶었지만, 그를 앞에 두고 망설여졌다.
지금 그녀를 부르고 있는 이가 빌인지 의심이 들었다.
그가 아니라면 그를 만나서 내쉬는 숨이 그녀의 마지막 숨이 될 것 같았다.

애니는 자신이 숨어 있는 나무 뿌리 위에 있는 빌의 모습을 살펴보았다.

"애니! 젠장…"

그의 외투는 흙투성이였으며, 젖어서 녹색이 더 진해져 있었다.
손은 상처투성이 였고 그가 가지고 있던 산탄총은 물론 이런 상황에서도 항상 메고 다니던 그의 카메라도 보이지 않았다.
애니는 당장이라도 나와 그에게 달려가고 싶었다.
내 실수라고, 내가 어른스럽지 못했다고 사과하고 싶었지만, 무서웠다. 그가 나를 다시 이 숲 깊은 곳으로 끌고 가려는 흉측한 새일까 봐 두려웠다.
그녀는 잠시 망설이다 그의 이름을 불렀다.

"빌!"

빌은 나무뿌리 밑에 그녀가 들어가 있는 것을 보고 곧장 달려왔다. 애니가 덜덜 떠는 것을 보고 패딩을 벗어 그녀에게 덮어주었다.

"애니… 애니… 미안해 애니… 내가 고집을 부려서, 왜 그렇게까지 화를 냈는지 모르겠어…"

"아니…빌… 내가 잘못했어, 다 나 때문에 그런 건데…"

그녀는 망설임없이 그에게 안겼다.

숲이 자신을 속이려고 했다면, 카메라나 산탄총 정도는 쉽게 꾸밀 수 있다고 생각했다. 그리고 반 정도는 그녀의 직감이었다.

빌은 둘이 싸우고 넘어가면 그는 항상 얼마 지나지 않아 먼저 미안하다며 집에 찾아오곤 했다.

애니는 싸우고 나면 항상 그가 찾아오기를 기다렸다.

그가 집에 찾아오면 더 이상 튕기거나 화를 내지 않고 문을 열어주었다. 그에게 느껴지는 미약한 온기를 느꼈을 때 그녀는 정말 빌이 맞다는 확신이 들었다.

"미안해… 이제 절대 떨어지지 않을게."

"…지난번에 싸울 때도 그 소리 했잖아."

"이럴 땐 그냥 넘어가지…"

"…왜 골짜기를 건너가지 않은 거야?"

"애니… 네 말대로 였어, 다니엘은 악마였어, 우리를 흩어지게 하기 위한… 진작에 자기 말을 듣는 건데… 처음부터 우릴 여기에 헤매게 만들 작정이었던 거야, 절벽 아래로 거의 떨어질 뻔했어…"

"그 때 산탄총도 떨어진 거구나…"

빌은 고개를 끄덕이며 애니의 얼굴을 어루만졌다.

그가 들어오자 거의 공간이 가득 찼지만 나무뿌리는 어느 정도
비를 막아주었다.

애니는 잠시 망설이다가 그에게 말했다.

"빌… 제임스를 만났어"

"…무슨 말이야? 제임스를 만났다니? 내가 생각하는 제임스 맞
아?

"응 이 숲에 있었어… 그런데 쉬어야 한다면서 오두막으로 가자
고 하더라고…"

"그리고?"

"내가 말하지도 않았는데… 절벽 위쪽에 있는 길로 왔다고 하는
짐이… 우리가 숲으로 들어온 길에 있는 흔들다리가 끊어져 있다
는 걸 알더라고… 정말 감쪽같았어… 표정이나… 장난기 넘치는
성격까지…"

"…지금 말하는 게 정말 사실이야?"

빌은 믿지 못하겠다는 듯이 되물었다.

"여기에… 우리를 흉내 내는 것들이 있어, 우리가 아는 사람들로
우리를 홀려 여기에 가두려고 하는 것들이 말야…"

"그럼 내가 나라는 걸 어떻게 알고 그렇게 나온 거야?"

"모르겠어, 그냥 직감이었어… 그냥 너구나 하는 느낌 말이야,

다른 사람들은 못 알아봐도… 오랫동안 같이 있었기에 알아볼 수 있는 그런 분위기나 미묘한 느낌 같은 거 말이야… 빌, 내가 제임스를 만날 때 피터와 캐서린을 놓쳤어, 아마 오두막으로 피하러 간 걸지도 몰라, 우리도 오두막으로 가자.”

“……”

오두막으로 가자는 그의 말에 빌은 아무런 말도 하지 않았다.

“피터와 캐서린도 우리와 똑같은 얼굴을 한 가이드에게 안내받아 깊은 숲으로 가고 있을 지도 몰라… 그들을 찾아야 돼.”
“있잖아, 네가 말했던 감 말이야, 그게 뭔지 알 것 같아…”

빌은 애니의 얼굴을 뚫어져라 쳐다보았고, 그녀가 입을 열었다.

“내 얼굴에 뭐 묻었어?”
“아니… 너무 얼굴이 창백해서… 얼른 몸을 좀 녹여야겠어…”

빌은 웅크려서 벌벌 떨고 있는 애니의 젖은 머릿결을 넘겨주었다. 애니의 이마에는 나뭇가지에 긁혀 생긴 상처가 있었다. 빌은 그 상처를 안타까운 듯이 바라보았다.
비가 그들이 있는 나무뿌리를 내리쳤고 튀긴 물방울들은 빌의 등에서 흘러내렸다.

하늘은 구름이 덮고 있어 한낮인지 밤인지 조차 가늠할 수 없을 정도로 어두웠다.

그리고 저 멀리서 또 하나의 목소리가 들려왔다.

"빌— 제발… 빌—"

애니의 목소리였다.

그녀는 누가 들어도 애처롭게 울고 있었다.

그리고 그 소리가 숲의 메아리가 되어 퍼져가고 있었다.

거리는 그가 앉아 있는 나무뿌리에서 먼 것 같지 않았다.

빌이 곁눈질로 소리가 들린 쪽은 살펴보았고, 저 멀리 손전등 빛과 주저앉아 우는 실루엣이 보였다.

"쉬… 빌 나가면 안돼… 자기를 홀리려는 거야, 얼른 피터와 캐서린을 만나야 돼, 너무 추워 빌…"

"빌— 내가 잘못했어… 제발…"

빌은 그녀의 말에 아무런 표정을 짓지 않고는 나무뿌리 밖으로 나가 소리가 들린 쪽으로 망설임 없이 달렸다.

"애니! 애니!"

"빌… 어디 가는 거야, 빌!"

　나무줄기에 웅크린 애니가 빌을 불렀지만 그는 뒤돌아보지 않았다.

　빌은 그녀가 오두막으로 다시 돌아가자는 말 따윈 하지 않을 것임을 알고 있었다.

　그녀라면, 아니 여기에 며칠째 헤매고 있는 누구라도 당장 여기서 빠져나가고 싶어했을 것이다. 오히려 애니를 만나면 어떻게든 나가고 싶어 하는 그녀에게 좀 쉬어야 한다고 말했을 것이다.

　빌은 애니가 말을 할 때마다 그녀의 앞니를 유심히 보고 있었고, 앞니가 멀쩡하다는 사실을 알았다.

　몇 년 전에 서로 입에 바람을 불어넣는 장난을 치다가 그녀가 앞니를 교정한 부분 일부가 떨어져 나갔던 적이 있었다. 다시 이빨을 붙여 넣는 것을 권유했지만 그녀는 아무리 말해도 듣지 않고 있었던 것이다.

　처음부터 빌은 애니를 만나면 이빨을 보면서 그녀인지 확인하리라 생각하고 있었다.

　나무뿌리에 숨어있던 것은 애니와 다를 것이 없었다.

　아무렇지도 않은 얼굴로 다시 그를 숲으로 데려가려 했다는 사실에 소름이 돋았고, 그는 뛰어가면서 뒤를 쳐다보지도 않았다.

　평소에 내가 애니에 대해 얼마나 많이 알고 있어도, 그날 기분에 따라 내가 생각한 행동과 다른 행동을 할 가능성은 언제든지 있다.

피터와 캐서린을 찾으러 오두막에 가자는 말도 갑작스레 그런 판단을 내렸을 수도 있는 것이고 확신이 없었다.

그렇지만 그녀의 앞니에 미세하게 떨어져나간 부분이 없다는 것을 알았을 때 그는 확신했다.

숲의 그것들은 겉모습만 같은 것이다.

그 사람의 겉모습이나 분위기 등은 비슷하게 흉내낼 수는 있어도, 그 사람의 무의식적인 행동양식, 아니면 몸의 보이지 않는 곳의 자잘한 흉터까지는 따라하지 못한다.

나무뿌리 안에서 더 이상 그를 부르는 소리는 들리지 않았다.

그는 눈앞에 앉아있는 실루엣에게 소리를 지르며 내디뎠다.

빗줄기가 그가 애니에게 접근하는 것을 막기라도 하듯 세차게 몰아쳤지만 그는 손전등을 비추며 나뭇가지들을 제치며 달려나갔다.

"빌-"

애니는 빌을 발견하고 몸을 돌려 손을 뻗었지만, 순간적으로 멈칫했다.

그를 경계하는 반응을 확인한 빌은 바로 애니를 안았다.

애니는 산에서 굴렀는지 무릎과 팔꿈치가 상처투성이였다.

"감기… 걸리겠어…"

"정말… 자기야? 빌… 나… 미안해… 무섭고… 이제 어떻게 해야 할 지 모르겠어, 나침반도… 없고… 미안해…"

"응… 애니… 잠깐 입 좀 벌려봐."

"뭐?"

"얼른!"

빌은 애니의 앞니가 일부분 부서져 있다는 것을 확인하고 그녀를 있는 힘껏 끌어안았다.

비에 젖은 애니가 떨고 있는 게 느껴졌다.

다시 그의 패딩을 가지고 오고 싶었지만 다시 나무뿌리에 들어가고 싶진 않았다.

"…피터와 캐서린을… 잃어버렸어, 자기도… 잃어버렸어… 미안해… 그렇게 자기를 보내는 게 아니었어… "

"괜찮아, 애니… 울지 마, 내가 왔잖아, 두려워할 것 없어."

빗소리가 그녀를 안심시키려는 그의 말을 묻어버리려는 듯 더 세차게 몰아쳤지만 그의 속삭임은 그녀에게 선명하게 들렸다.

"빌… 여기가 너무 싫어, 자기가 오기 전까지, 나무 밖에 안 보이는 곳에서 죽는다고 생각했어… 죽기 싫어 빌… 이렇게 죽기는 싫어… 이런 식으로 죽기는 정말 싫어, 여행도 가고 싶고, 읽을 책도 많고, 사람도 더 만나고 싶어, 빌…"

"자기는 죽지 않아, 얼른 일어서, 우린 반드시 나갈 거야."

그녀의 손전등은 깜박거리며 가끔씩 불이 나갔지만 빌은 손으로 손전등을 탁탁 치면서, 그들의 앞을 비추었다.

나무들이 그들을 에워싸고 있었고 숲은 그들을 삼키려 했다.

나무로 만들어진 우리에 갇힌 애니와 빌은 숨을 죽이고 있었다.

한마디라도 큰소리로 외쳤다간 누군가가 듣고 그들을 쫓아올 거라는 생각이 들었다.

빌의 손목시계는 언제 깨졌는지 액정에 금이 가 있었다. 하늘을 쳐다보았지만, 하늘을 보는 것만으로는 몇 시인지 짐작할 수 없었다.

애니는 뛰다가 발을 접질렀는지, 왼쪽 발을 절면서 힘없이 걸었다. 무릎이나 손에 난 상처를 소독해주고 싶었지만 연고 하나도 없을 뿐 아니라 이렇게 비가 쏟아지면 금세 연고든 뭐든 씻겨나갈 것이라고 생각했다. 한 순간이라도 긴장을 풀고 쉰다면 그곳이 그들의 무덤이 될 것을 알았다.

중간에 숨을 고른다면 더 이상 움직일 수 없을 것 같았다.

빌과 애니는 그들을 움켜쥐려는 나무들을 피해 걸어갔다.

"다니엘이나… 피터, 캐서린이 딴 사람이었던 게… 언제부터였을까?"

"……"

"다니엘이 우리를 숲으로 이끌었던 것이… 강물에 쓸려가고 난 이후부터였을까…? 아니면… 이 덫과 같은 숲에 들어오고? 애초부터 숲에 들어가기 전부터였는지도 몰라… 우리를 만난 그 순간부터 우릴… 숲으로 몰아넣으려고 한 거야…"

"이 숲 주변에 왔는데 갑자기 쏟아지는 비… 그리고 끊어지는 흔들다리, 우리가 지쳐서 한계에 다다를 때 쯤 나타난 오두막집… 처음부터 모든 건 우리를 여기에서 헤매게 하려는 설계였을지도 몰라… 그렇게 수많은 관광객들이 여기에 갇혔던 거야…"

"피터와 캐서린도 마찬가지일까… 빌, 진짜 그들은 흔들다리에서 미처 건너지 못하고 물에 쓸려가 버린 거야?"

"숲에 들어왔을 때부터 그들에게 느껴지던 위화감을 무시했으면 안 되었는데… 네 말을 들었어야 됐어… 피터와 다니엘이 겉으로는 대립하는 것 같았지만, 생각해보면 그들의 목적은 우리를 헤매게 하려는 거야, 서로 싸우면서 감정과 에너지를 소비하고 시간 낭비를 하게 만든 거지."

"…피터도 앞장서서 길을 열심히 찾았잖아? 길이 있다면서 돌게 한 것은 다니엘이잖아, 아…"

애니는 이제야 알았다는 듯이 탄식을 내뱉었다.

"맞아, 피터가… 앞장섰지… 남쪽으로 가야 한다면서… 첫날, 오두막에서 일어나자마자 벽으로 가길 재촉했어, 다니엘도 마찬가지

였고… 결국 놀아난 거야! 결국 우리는 그들의 뒤를 계속 따라갔고… 그들은 처음부터 우릴 숲에서 벗어나게 할 생각이 없었던 거지…"

"…빌, 미안. 조금 쉬어야 할 것 같아."

그녀는 바로 옆에 이끼가 낀 돌 위에 털썩 앉았다. 그는 그녀의 옆에 앉아 팔로 그녀를 감싸듯 안아주었다.

숱 많은 그녀의 머릿결이 아무렇게나 뭉쳐 있었다.

"말리려면 오래 걸리겠다… 안 그래도 숱이 많아서 드라이기로도 한참 걸리는데…"

"응…"

애니는 그에게 머리를 기대고 미소를 지었다.

그녀는 샤워를 한 뒤 머리를 잘 말리려고 하지 않았다. 말리는 시간도 오래 걸렸고, 그녀 자신도 그냥 반 정도만 드라이를 했다. 그래서 빌은 젖은 냄새가 나지 않을 때까지 그녀의 머리를 직접 말려주곤 했다.

둘은 하늘에서 떨어지는 장대비를 있는 그대로 전부 맞고 있었지만 이제는 젖는 느낌도 나지 않았다.

빌은 입을 열고 조용한 목소리로 말했다.

"…여기 사람들이 새가 영혼을 저승으로 물어간다고 믿었다는 것이 이런 것이었나 봐. 숲에서 길을 잃으면, 새가 다른 사람의 흉내를 내어서, 길을 잃은 사람을 꾀어서 헤매게 만드는 거야… 어제 밤에… 누가 문을 두드렸던 거 기억해?"

"…문을 열자 작은 새밖에 없었지… 마치 방금까지 살아있었던 것 같이 경련을 일으키고 있었던…"

"새가 우리가 아는 사람으로 변해 우리를 홀리는 거야, 여기 숲에 들어왔을 때부터 그렇게 새의 사체가 그렇게 많은 이유도 우리보다 앞에 온 사람들을 홀리려고 한 흔적들이고…"

"이 숲에 와선 안 되었어."

새들은 영혼을 숲에 가두기 위해 여행객들을 홀리는 것들이었다.

숲이 만든 덫에 걸린 사람이 힘이 빠져, 헤매이고 나갈 수 없게 만드는 가이드였으며 길을 잃은 자에게 다가오는 죽음이었다.

빌은 그에게 기대어 쉬고 있는 애니를 재촉했다.

"더 걸을 수 있겠어?"

"사실… 좀 쉬어야 될 것 같아, 내가 내 몸은 잘 알고 있어, 그리고 아마… 절벽 못 오를 거야."

"절벽으로 가고 있는 거 알고 있었구나…"

"응… 이젠 나가려면 거기밖에 없잖아… 빌… 자기가 나가서 구조대를 불러줘, 기다릴게…"

"아니. 말도 안 되는 소리하지 마, 같이 나갈 거야."

"빌… 난…"

"그만, 애니, 내가 만약 자기를 놓고 여기서 나간다 해도… 평생 동안 자기를 놓고 온 죄책감에 괴로워하겠지, 이런 말 하는 게 실례일 지도 모르지만, 너희 어머님도 아버님을 두고 왔기 때문에 괴로워하셨을 거야… 그래서 숲에 관한 건 아무 말도 못하게 한 거고… 난 평생 죄책감에 살고 싶지 않아."

"아무래도 그러셨던 것 같아… 동생과 내가 아빠얘기를 꺼내는 것조차 싫어하셨으니까…"

"업혀, 애니."

"빌… 무리야, 산길에서 날 업고 어떻게 움직여?"

"업혀! 애니… 아무 말 하지 말고… 빨리, 소리 지를 힘도 없어 제발… 빨리."

"빌…"

빌은 애니를 업고 산길을 걸었다.

그의 몸도 추위와 공포 그리고 피로에 절어 다리를 내딛는 것조차도 힘들었다. 게다가 애니를 업고 간다면 넘어졌을 경우 둘 다 크게 다칠 수도 있었다. 그렇지만 애니가 절벽에 올라갈 힘을 남겨둬야 같이 절벽을 오를 수 있다.

빌은 발목에 힘을 주었다. 한발 한발 내딛을 때마다 넘어지지 않기 위해서였다.

애니는 빌의 뒤에 업혀 깜박이는 손전등으로 앞을 비추었고, 빌이 걸으며 조금씩 흔들리는 손전등 불빛에 절벽이 보였다.

절벽에는 짚고 올라갈 부분이 보이긴 했으나, 비가 오는 통에 바위에서 빗물이 흘러내리고 있었고 바위는 여느 때보다 미끄러웠다.

"나… 진짜로 올라갈 힘이 없어, 자기도 알고 있어, 저기에 올라갈 정도로 힘이 남아있지 않은 거…"

"먼저 올라가, 내가 뒤에서 받쳐줄게. 아까도 말했지만, 난 여기서 혼자 나갈 생각은 추호도 없어."

"빌…"

"만약 여기에 남아도 구조대가 오기 전에 죽을 거야, 그건 자기도 알고 있잖아."

"……"

빌은 그녀가 못 올라간다고 말할 것을 알았기에, 할 수 있다고 말하면서 일단은 절벽으로 향했다.

그도 그녀가 벽을 올라갈 수 있을지 확신할 수 없었지만 일단 시도라도 해 보고 싶었다.

절벽에 가까이 간 그녀는 조심스럽게 바위를 디디고 몸을 끌어당겼다. 바위는 그녀가 생각한 것보다 더 잡기 힘들었고 날카로워서 손에 상처가 날 것 같았다.

잘못해서 긁힌다면 살갗이 찢어질 것이다.

절벽은 대략 5미터 정도로 까마득하게 높은 정도는 아니었지만, 비가 오는데 클라이밍 장비도 없이 오르는 것은 위험한 일이었다.

애니와 빌도 여기서 떨어지기라도 한다면 두 번째 기회 따위는 없다는 것을 알고 있었다.

아무것도 먹지도 못하고 계속 산을 걸었기 때문에 그녀는 얼마 가지 못해서 팔다리가 후들거렸고, 힘이 빠지는 것이 느껴졌다. 그녀는 한 번도 암벽을 올라가 본 적이 없었고, 스스로도 끝까지 다 못 올라갈 것만 같았다.

빌은 그녀의 바로 밑에서 그녀를 지탱해주고 있었다. 비가 와서 미끄러운 암벽을 혼자 잡고 가는 것만으로도 빠듯한데, 애니를 지탱해주면서 가는 것은 더 힘들었다.

절벽을 절반 정도 올라왔을 때, 애니의 발을 닿고 있는 부분이 미끄러지며 그녀의 등산화가 벗겨졌고 절벽 밑으로 떨어졌다.

신발을 주워올 기력 따위는 없었다.

그리고 그 때, 고개를 돌려 등산화가 떨어진 것을 쳐다보던 그녀는 절벽 밑에 있는 수많은 사람들을 보았다.

그들은 등산복 차림에 배낭을 메고 서 있었다.

그리고 그들이 떨어지기를 바라는 듯이 그들을 응시하고 있었다.

그렇게 먼 거리가 아님에도 불구하고 그들의 얼굴이 보이지 않았다.

그들은 모두 얼굴 부분이 어두워서 볼 수가 없었다.

손전등을 비추어도 얼굴이 보이지 않았을 것이다.

그들은 산을 오를 때 쓰는 지팡이와 배낭, 가벼운 옷차림부터 얼굴이 거의 보이지 않게 감싼 추운 날씨를 위한 옷차림까지 여러 가지 옷을 입고 있었다.

그리고 절벽 밑에서 그들을 올려다보며 그들의 마지막 순간이 되길 바라며 지켜보고 있었다.

그들은 애니와 빌이 떨어지길 바라는 것 같았다.

애니는 손이 떨렸다.

금방이라도 절벽에서 떨어져 바닥에 충돌할 것 같았다.

빌도 힘이 점점 빠졌고, 골짜기에서 미끄러졌을 때 올라오려고 하다 손바닥에 생긴 상처가 아파왔다.

빌도 그들이 자신들의 뒤에서 지켜보고 있다는 것을 알고 있었다.

절벽 밑에서 흙탕물을 밟는 소리들이 그들의 존재를 알려주었다.

그렇지만 애니에게 말하고 싶지 않았다.

그녀에게 말하는 순간, 애니도 자신도 더욱 겁먹을 것 같으니까 말이다.

"애니… 괜찮아, 천천히 올라가, 숨 크게 들이쉬고…. 거의 다 왔어, 오른발 디뎌, 아프다고 힘 빼면 안 돼…"

"… 하아… 하아…"

애니는 힘겹게 발을 옮겨 조금씩 위로 올라갔다.

그리고 그들의 뒤에서 그들을 훔쳐보고 있는 이들은 올라가는 것이 탐탁지 않은 듯 소름 끼치는 시선을 보내왔다.

절벽에 매달려 올라간 지 한참이 지나 있었고, 가만히 매달려 있을 힘도 남지 않아 있었다.

힘겹게 절벽을 올라와 절벽의 꼭대기까지 한 뼘 정도가 남아 있었고, 애니는 절벽의 끝에 손을 올렸다.

그렇지만 몸을 끌어올릴 힘은 없는 것 같았다.

빌은 애니의 바로 뒤까지 가서 절벽의 돌출된 부분을 밟고 이를 악물고 어깨로 그녀를 밀어 올렸다.

그의 조력으로 가까스로 절벽위에 올라간 애니는 바로 누워서 숨을 몰아쉬었다.

비가 대자로 누운 그녀의 온몸에 떨어졌다.

빌은 그녀가 올라간 것을 보고 조금 안도했고 자신도 꼭대기에 오르려고 손을 뻗었다.

그리고 그 순간 새까만 새떼들이 몰려와 그를 쪼아대기 시작했다.

눈을 찾을 수 없는 까만 털로 뒤덮인 새들이 절벽의 끝으로 몰려와 빌을 쪼았다.

"빌! 안 돼!"

애니가 새떼를 쫓으려고 일어나 손을 휘저었지만 새들은 아랑곳

하지 않고 그를 쪼아댔다.

그는 새들을 피해 재빨리 위로 올라가려고 하다가 발을 헛디뎠다. 절벽에 옆구리가 부딪혔고 날카로운 바위에 긁히며 튀어나온 부분을 잡아 추락을 면하였다.

하지만 새들은 집요하게 그의 손과 얼굴을 공격했고 그 모습마저도 밑에 서 있는 이들은 표정 없이 응시했다.

검은 새는 필사적으로 절벽에 매달려 있는 빌의 눈을 쪼았다. 빌은 순간 얼굴을 움켜쥐며 절벽 아래로 추락했다.

몇 초 후, 둔탁한 '쿵' 소리가 들렸다.

애니는 절벽 밑을 보며 울부짖었다.

그가 등산복 주머니에 넣고 있던 손전등이 튀어나와 누워있는 빌을 비추었다.

빌은 생명이 꺼져가며 파르르 떨고 있었다.

"안돼… 안돼, 빌! 빌! 아니야… 빌… 제발… 아니야 빌… 흐흐흑… 빌! 빌…제발! 빌…"

애니는 쉴새없이 그의 이름을 부르며 절규했지만, 빌은 점점 움직임이 없어져 갔다.

비가 식어가는 그의 몸 위로 쏟아졌다.

손전등은 망가져가는 듯 깜박깜박거렸고, 등산복을 입은 이들은 그의 주위로 모여서 그를 바라보았다.

"빌! 빌… 안돼! 빌… 빌… 아니야…"

나무에는 새들이 빼곡히 앉아 그 비극을, 그 순간을 눈에 담으려는 듯 미동도 하지 않고 쓰러져 있는 그를 바라보았다.

바람이 불자 풀이 나부끼고 나무들이 앞뒤로 흔들리며 괴성을 질렀다. 숲은 한 영혼을 더 가둔 것을 기념하듯 서럽게 우우우 소리를 내었다.

그리고 빌은 마지막 힘을 모아 그의 입술을 움직였다.

애니는 죽어가는 그의 얼굴을 쳐다보았다.

손전등은 언제 꺼질지 모르는 듯 깜박였고, 그와 잘 어울리는 수염에 붉은 빛이 묻어 있었다.

그는 입을 움직였다.

애니… 도, 망, 쳐.

그는 마지막으로 그녀에게 말을 전하고 더 이상 입술을 움직이지 않았다.

애니는 자리에서 일어나 접질린 다리로 비틀거리며 달렸다.

나무 사이를 달리고 또 달렸다.

숨이 턱까지 차올라도 그녀는 멈추지 않았다.

저 멀리 지평선 너머로 미약하게 빛이 올라오는 것이 보였다.

붉은 색 빛은 미약하게 언덕과 숲을 비추었으며, 그녀를, 풀들을, 넓은 들판의 모든 것들을 비추었다.

애니는 자신이 올라온 곳이 더 이상 숲이 아니라 들판인 것을 알았다.

애니는 숨이 차 더 이상 달릴 수 없을 정도까지 달려가서 멈추었다.

그의 얼굴은 눈물범벅이었으며 계속 해서 빌의 이름을 불렀다.

아무리 달리고 뛰어도 상처가 난 곳은 아프지 않았다.

저 멀리 등산코스임을 알리는 팻말이 보이는 것 같았다.

하늘에는 구름이 가득했고, 새는 더 이상 보이지 않았다.

그녀가 멈추어 선 곳은 새가 잔뜩 앉아 있던 큰 나무였다.

그녀는 나무에 기대어 섰고, 잠시 뒤를 돌아보았다.

눈물을 멈추고 싶었지만 하염없이 흘러내렸다.

저 멀리 새 모양 토템이 보였다.

그녀의 온몸은 진흙탕에 빠진 것처럼 진흙 범벅이었고, 초록색 패딩은 여기저기 찢어져 있었다.

그녀는 한참 동안 그녀가 나왔던 숲을 바라본 뒤에 다시 무거운 발을 옮겼다.

10월 핀란드 평원에서 실종신고가 들어왔다.

신고자는 여행객이었으며, 환각과 두통 그리고 피해망상 증세를 보였다. 하이킹 코스 인근 숲을 수색하였으나 다수의 새들 사체가 있었을 뿐 그 외의 것들은 아무것도 발견되지 않았다.

또한 그녀의 말대로 숲을 감싸고 있는 절벽들을 전부 수색했지만 일행의 시체는 발견되지 않았다.

그녀의 일행이 당월에 여행을 목적으로 공항에 들어온 것은 확인되었으나, 그녀가 말한 가이드는 공항 카메라나 수속과정에서 드러나지 않았다.

그녀가 장기간 공포에 떨어 환각과 정신이상을 보인 것이라고 판단했다. 며칠간 숲을 수색했고 범위를 확대하여 근처의 숲도 수색을 하였으나 아무것도 발견하지 못했다.

마치 숲이 그날들의 기억을 잡아 숨기고 있는 것처럼, 수색에서는 아무런 소득도 얻지 못하였다.

애니는 비행기표를 주머니에 구겨넣고 비행기 창문 너머를 바라보았다.

빌의 마지막 순간이 그녀의 머릿속에 수없이 스쳐갔다.

그가 떨어지던 장면이 소리 없이 그녀의 머릿속에서 반복되고 그녀는 다시 비명을 지르며 그의 이름을 불렀다.

그는 대답하지 않는다.

그의 몸은 절벽에서 힘없이 떨어졌고 애니는 그를 향해 손을 뻗지만 그에게 닿지 않는다.

잠시 후 이륙하겠다는 기장의 안내방송이 울렸다. 애니는 금빛 머리카락을 움켜쥐었다.

그녀는 다리를 심하게 떨었고, 퀭한 눈으로 창밖을 바라보았다.

창밖에는 어디서 켜져 있는지 모르는 불빛들이 있었고 그녀는 한숨을 내쉬었다.

그리고 후두둑하는 소리가 들리더니 까만 새가 비행기 날개 위에 앉았다. 그녀는 흠칫하며 놀랐으나, 새를 한 번 쳐다보고 다시 좌석에 기대 누웠다.

후둑

후두둑

후두두

쾅

후두둑

수많은 새가 비행기 날개 위에 앉아 있었다.

비행기가 서서히 움직이기 시작했다. 그녀는 굳은 얼굴로 창 밖에서 시선을 돌렸고, 고개를 숙이고 웅크려 떨었다.

비행기가 속력을 내어 새들이 떨어져 나가기를 기도했다.

그리고 비행기가 날아올라 저녁 하늘을 가르기 시작했을 때 그녀는 다시 창 밖을 보았다.

새들도 그녀를 쳐다보았다.

새들은 비행기 날개 위에 미동없이 앉아 그녀를 쳐다보았다.

마치 그녀가 어딜 가도 소용없다는 듯 쳐다보고 있었다.

가이드 1

초판 1쇄 2019년 4월 9일

지은이 | 이창준

펴낸곳 | 문학여행
발행인 | 고민정
주 소 | 서울특별시 중구 을지로 14길 20, 5층 출판그룹 한국전자도서출판
홈페이지 | www.bookjour.com
이메일 | contact@bookjour.com
전 화 | 1600-2591
팩 스 | 0507-517-0001
원고투고 | edit@bookjour.com
출판등록 | 제2017-000048호

ISBN 979-11-88022-11-3 (04810)
979-11-88022-22-9 (세트)